おれは一万石

五両の報

千野隆司

双葉文庫

目次

那珂湊
高浜
秋津河岸
霞ヶ浦
北浦
鹿島灘
利根川
小浮村
高岡藩
高岡藩陣屋
飯貝根
酒々井宿
銚子
外川
東金

↑白沢・柳林・阿久津河岸へ
久保田河岸
▲筑波山
下妻藩
鯉川
小貝川
関宿
鬼怒川
椚木村
牛久
粕壁
野田
取手
柏
流山
三郷
木颪
川口
松戸
白井
江戸川
鎌ヶ谷
萩原村
隅田川
江戸城
行徳
印旛沼
日本橋行徳
新川
小名木川
↓市原郡へ

おもな登場人物

井上正紀……下総高岡藩井上家当主。
竹腰睦群……美濃今尾藩藩主。正紀の実兄。
山野辺蔵之助……北町奉行所高積見廻り与力で正紀の親友。
植村仁助……正紀の近習。今尾藩から高岡藩に移籍。
京……高岡藩先代藩主井上正国の娘。正紀の妻。
佐名木源三郎……高岡藩江戸家老。
佐名木源之助……佐名木の嫡男。正紀の近習。
井尻又十郎……高岡藩勘定頭。
青山太平……高岡藩廻漕河岸場奉行。
杉尾善兵衛……高岡藩廻漕河岸場奉行助役。
橋本利之助……高岡藩廻漕差配役。
松平定信……陸奥白河藩藩主。老中首座。
徳川宗睦……尾張徳川家当主。正紀の伯父。

おれは一万石
五両の報

前章　押込み五人

一

空の高いところに、刷毛《はけ》でひとはきしたようなすじ雲が輝いている。その先に広がる空が、どこまでも青かった。

秋も深まってきた九月二日の八つ（午後二時）あたり。昼下がりの日差しが、京橋柳町《きょうばしやなぎちょう》の家並みを照らしている。表通りには、人や駕籠《かご》、荷車などが行き交《か》っていた。足音や話し声が途切れることはない。

菊の鉢植えを天秤《てんびん》の両方に置いた振り売りが、暢気《のんき》な呼び声を上げて通り過ぎた。

繰綿問屋川路屋《くりわたかわじ》は間口が七間（約十二・六メートル）あって、大店《おおだな》といってよかった。新しい藍染《あいぞめ》の日除け暖簾《のれん》が、眩《まぶ》しく見えた。人の出入りがあって、繁盛している。

いかにも金がありそうだ。

店の前に立った貝瀬市之丞《かいせいちのじよう》の心の臓は、早鐘《はやがね》を打っている。今すぐ逃げ出したい気持ちと闘っていた。連れ立って立つ四人の侍は、皆二十歳《はたち》前後で、自分と同じ年頃かと思われた。

全員が顔を布で覆って、菅笠《すげがさ》を被っていた。履物は草鞋《わらじ》だ。声を出す者はいない。すれ違ったお店者《たなもの》が、どきりとした顔で目を向けた。

店舗の横には路地があり、表通りからすぐのところに荷が積まれている。板塀を越えるには、好都合だった。

「行くぞ」

五人の中で一番年嵩《としかさ》の侍が、抑えた声で言った。二十代半ばの歳で、これが指図《さしず》役だった。

ここへ舟で移動してくるときに、一同は顔を布で覆った。顔を見たのは、集合した永代河岸《えいたいがし》の船着場が初めてだった。他の者も、互いに顔を知らない様子だった。目も合わさず、言葉も交わさなかった。

年嵩の侍は、積まれた荷を足場にして板塀を越え、敷地の中へ入った。四人はそれに続いた。

貝瀬には躊躇《ためら》う気持ちが大きかったが、もう引き返すわけにはいかないのだと、自分に言い聞かせた。他の者たちがどう考えているかは分からない。

「うわっ」

敷地内に入って、まず目についたのは奉公人用の雪隠《せっちん》だ。その脇に下男らしい老人がいて、声を上げた。

五人のうちの一人が駆け寄って肩を摑み、下腹に当て身を入れた。老人はその場に倒れた。

先頭の男は、ちらと目をやっただけで庭を駆け抜けた。手入れの行き届いた庭だ。土足のまま縁側に上がり、造りのいい奥座敷へ駆け込んだ。

「な、何だ」

居合わせた隠居ふうの老人が、驚きの声を上げた。

「騒ぐな。金を出せ」

すでに刀を抜いていた指図役の侍が、切っ先を老人の首に当てた。もがけば切っ先が首に突き刺さる。

老人は震える指で、押し入れを指さした。賊の一人が襖《ふすま》を開けた。中に小簞笥《こだんす》があった。その脇に銭箱が置いてあった。

貝瀬がそれを押し入れから取り出した。ずっしりと重かった。

蓋を開ける。

「おおっ」

押し込んだ者の中から声が上がった。小判や小粒、五匁銀《ごもんめぎん》などが入れられていた。

それらを鷲摑《わしづか》みにして、まとめて用意していた合切袋《がっさいぶくろ》に入れた。ざっと見ただけでも二、三百両はありそうだった。

「引き上げだ」

指図役からの声があって、引き上げようとするが、老人が合切袋を持つ賊にしがみついた。

「ま、待ってくれ」

渾身の力を込めているらしい。引き離そうとするが、一筋縄ではいかない。向こうも必死だ。

合切袋を持った指図役は、引き離すのをあきらめたらしかった。

「やっ」

と手にしていた刀を振り下ろした。

「わあっ」

老人は血を噴いて倒れた。斬った侍は、巧みに血を避けている。

五人はそのまま店先から外へと向かう。店にいた者たちは、驚愕《きょうがく》で声も出せない。

貝瀬も刀を振って威嚇した。

襲ってくる者がいたら斬る覚悟だった。それくらいの昂《たかぶ》った気持ちだった。とんでもないことをしているという恐怖もあった。

奥から店の土間に出ると、侍たちを見て悲鳴を上げた者もいたが、五人が振り向くことはなかった。ここで刀を、鞘《さや》に納めた。

明るい表通りに出て走った。

乗ってきた古舟《ふるぶね》が、楓川《もみじがわ》に架かる弾正《だんじょう》橋下の船着場に舫《もや》ってあった。五人はそれに乗り込んだ。

背後で、人の騒ぐ気配があった。今にも捕り方が押し寄せてきそうな気がした。

来るときに漕いできた侍が艪《ろ》を握って、一気に漕ぎ出した。八丁堀《はっちょうぼり》を東へ向かった。

追いかけてくる者の気配はないか、貝瀬は何度も振り返った。

江戸《えど》の海に出たとき、やっとほっとした気持ちになった。追ってくる舟はなかった。

大川《おおかわ》へ向かって、ぐいぐいと進んでゆく。白い海鳥の鳴き声が、妙に響いて聞こえた。

永代橋を潜《くぐ》ったところで、一同は顔の布を取った。ここまで、誰も話をしなかった。深川《ふかがわ》側の船着場へ、舟は寄っていく。永代河岸と呼ばれる場所で、往路はここから舟に乗り込んだ。

そこで破落戸《ごろつき》ふうの町人が待っていた。

五人は舟から降りる。指図をした侍が、奪った金の入った合切袋を破落戸ふうに手渡した。

「よし」

中身を検《あらた》めた破落戸ふうが言った。態度は、侍よりも上といった印象だった。そして懐から懐紙に包んだ金子を、五人に配った。小判だと分かる。

一刻（二時間）ばかりの仕事で五両は、破格だった。貝瀬は、すでに四両を前金で受け取っていた。

受け取った者たちは、金子を懐に入れた。とはいえ誰も、嬉しそうな顔はしていない。

五人は懐に金を入れると、それぞれ別の道で船着場から離れた。貝瀬にしてみれば、もう関わりたくもない者たちだ。

早く一人になりたかった。

歩き始めてしばらくしてから、貝瀬は血のにおいがすることに気がついた。自分の体を検めると、袴《はかま》に小さな血の塊がこびりついていた。

指図役の侍が隠居を斬ったとき、血が飛んだ。それだと分かった。斬った者は上手に避けたが、自分の袴にも飛んでいたのだと気がついた。慌てて手拭いで拭き取った。

この姿を、誰かが見ているのではないかと、怯《おび》えた気持ちで周囲を見渡した。

二

高岡《たかおか》藩士の植村仁助《うえむらにすけ》は、江戸家老の佐名木源三郎《さなきげんざぶろう》に呼ばれた。朝の日差しが縁側を照らしている。執務部屋へ行くと、跡取りの源之助《げんのすけ》もいた。

「ちと、頼みたいことがある」

と告げられた。何事かと思ったが、佐名木の機嫌はよかった。植村はほっとした。

「藩のことではない。わしの知人栗原喜左衛門《くりはらきざえもん》殿の屋敷へ、家屋修繕の手伝いに半日行ってもらえないか」

というものだった。

植村は、下総《しもうさ》高岡藩一万石井上《いのうえ》家の藩主付き近習《きんじゅう》役を務めている。江戸家老の佐名木は、藩主正紀《まさのり》の後ろ盾として、藩内の政《まつりごと》に関わっていた。

佐名木に用事を頼まれて、嫌と言える者はいない。源之助はその嫡子で、今は共に近習役を務めている。

「栗原家とは」

佐名木の知人とはいえ、初めて聞く名だ。

「わしの古い剣友でな」

佐名木は神道無念流《しんとうむねん》を遣う。同門ということになる。

「かしこまりました」

詳しい話は聞かないうちに答えた。栗原の屋敷は四谷《よつや》にあるそうな。源之助と共に、植村は下谷広小路《したやひろこうじ》の高岡藩上屋敷を出た。四谷の大御番《おおごばん》与力の組屋敷へ向かう。源之助は案内をした後、他の用事をする。夕刻に迎えに来ることになっていた。

道々植村は、源之助から栗原家について聞く。

「栗原家は家禄が二百俵の直参で、当主の喜左衛門殿は大御番頭《おおごばんがしら》与力を務めておいでです」

佐名木家とは古い付き合いらしく、源之助も栗原家のことはよく知っているらしかった。

妻女紀和《きわ》がいて嫡男芳之助《よしのすけ》、次男文之助《ふみのすけ》、そして出戻りの娘喜世《きよ》がいることなどを聞いた。

「喜世殿には、離縁となった家に、二歳になる男児がいるそうです」

「なるほど、いろいろなことがありますね」

「心根のしっかりした方で裁縫が上手だと聞いています。婚家と性が合わなかったのでしょうか」

植村は聞き流したが、源之助は喜世の話をした。

秋晴れの青空に、すじ雲が浮いている。吹き抜ける風は暑くも寒くもなく、心地よかった。

植村と源之助が栗原家へ着くと、まず迎えに出たのは話に聞いていた喜世だった。

「お待ちしておりました」

丁寧に頭を下げた。小柄で慎《つつ》ましやかな女性《にょしょう》に見えた。気丈そうな眼差しも感じたが、どこか沈んだ気配があって、何か憂《うれ》いを抱えているかに見えた。源之助が口にした、「出戻り」という言葉が頭を掠めた。

そしてすぐに、主人の喜左衛門や妻女紀和も現れた。どちらも笑みをもって迎えた。奥座敷に通されると、すぐに芳之助や文之助も現れた。

源之助は、ここで引き上げた。

喜世が茶菓《さか》を運んできた。家屋修繕の手伝いに来たつもりだが、なかなかのもてなしなので植村は驚いた。

栗原家は豊かとはいえないが、堅実に暮らしている様子だ。高岡藩での暮らしぶりなど訊かれた。

「正紀様と共に今尾《いまお》藩から移られたと伺《うかが》ったが、藩が異なれば、面食らうこともあったのでは」

「いやいや、それほどでは」

謙遜《けんそん》したが、振り返れば正紀のもとで、夢中で過ごした五年間だったと植村は思う。

主君の正紀は美濃《みの》今尾藩三万石竹腰勝起《たけのこしかつおき》の次男で、ときの高岡藩主正国《まさくに》の娘京《きょう》と祝言《しゅうげん》を挙げて高岡藩の世子《せいし》となった。植村はただ一人、正紀について高岡藩へ入った。

今尾藩では大きなしくじりをして、お手討ちとなる寸前のところまでいった。しかし正紀に庇《かば》ってもらって、事なきを得た。以来正紀のことは、主君と思うだけでなく、恩人と考えて懸命に奉公をしてきた。

最悪だった高岡藩の財政が、いく分なりとも改善されてきたのは正紀の才覚と尽力によるものだが、その手先として働けたのは喜びであり誇りだった。

「尾張《おわり》公とのご縁も深く、高岡藩はこれから栄えるのではござらぬか」

「そうならばよいのですが」

正紀の実父勝起は、尾張徳川《とくがわ》家八代宗勝《むねかつ》の八男である。義父となった正国は宗勝の十男で、高岡藩に婿として入った。高岡藩井上家は、正国そして正紀と二代にわたって御三家筆頭尾張徳川家の血筋から婿が入ったことになる。

もとをただせば高岡藩は、遠江浜松《とおとうみはままつ》藩六万石の分家だが、今では尾張一門とするのが多くの者の見方となった。栗原の言う通り、「これから栄える」かどうかは分からないが、そのために正紀の力になりたいと考えていた。

「佐名木殿は、そなたのことを買っておいでてござった」

「さようで」

それは初めて聞く。藩内では、自分は外様だと陰口を叩く者がいることは知っているが、佐名木がそう言ってくれたのは嬉しかった。

「それにしても」

家屋修繕の手伝いをしに来たつもりなのに、なかなか始める気配がないのが腑に落ちなかった。喜世も部屋の隅で、やり取りを聞いていた。

そしてようやく始まった修繕は、わざわざ手伝うこともないまま終わってしまった。離れ家の庇《ひさし》をわずかばかり直すだけだった。

若い男が、三人もいらない。

「いや。ありがたかった」

栗原は上機嫌に言った。喜世は、屋敷の木戸門まで見送りに出た。秋の日差しが西空に傾《かたむ》き始めた頃だ。

この頃用を済ませたと言う源之助が、迎えに現れた。歩き出したところで、植村は問いかけられた。

「あの喜世様という方は、いかがでしたか」

「えっ」

いきなり何を言い出すのかと思った。同じ役目柄、源之助とは組んで仕事をすることは多いが、そういう問いかけをされるのは初めてだった。女子《おなご》の話など、したこともなかった。

植村は、その顔と姿を思い浮かべた。

喜世はいつも傍《そば》にいたが、話はほとんどしなかった。ただ見られている、という気配はあった。

「聡明そうに見えました」

正直な気持ちを伝えた。とはいえ特別に、思いを持って見たわけではなかった。もう会うこともないだろうと感じている。

「言われれば、そのような」

源之助はやや考える気配だったが、腹を決めたように口にした。

「お似合いかと、存じますが」

「何がでござるか」

唐突で、言葉の意味を理解しかねた。今日は出向くときから、いつもと様子が違うと思いながら返した。

「植村殿と喜世殿です」

「えっ」

源之助が何を言っているのかわからず、植村は首を傾《かし》げた。

「どういうことでござるか」

「夫婦になっては、いかがかと」

「何をたわけたことを」

だいぶどぎまぎした。からかわれたような気もしたが、源之助は神妙な口ぶりで言っていた。続けて問いかけた。

「なぜそのようなことを」

「植村殿も、そろそろご妻女を得られてもよい頃かと」

「…………」

歳下の源之助に言われる話ではない気がした。わずかにむっとした。

「これは、父上が申されたことで」

言い訳のように返された。

「ご家老が、仰《おお》せられたのか」

魂消《たまげ》た。自分のことで、佐名木がそういうことを口にするとは予想もしなかった。ただ栗原家へ行くようにと告げてきたのは、佐名木だった。そうした意図があったのか。

だとすると厚遇されたことも、修繕がさしたるものでなかったことも納得がゆく。

「今日は植村殿に、喜世殿を引き合わせるということで」

「ううむ」

驚きだけではなく、何やら喜びのような心持ちも湧いて、植村は慌てた。

「植村殿は二十六歳で、喜世殿は二十四歳です。歳は釣り合いまする」

「そうかもしれぬが」

この歳になるまで、嫁取りの話などまったくなかった。考えたこともなかった。頭の中で、いろいろなことが交錯《こうさく》した。

その一つは、禄高の違いだった。植村は家禄三十六俵で、喜世は家禄二百俵の直参の娘だった。家格が釣り合わないのではないか。

喜世は一度婚家を出された者で、歳もいっている。それにしても、という気持ちだった。

さらに楚々《そそ》としていて、立ち居振る舞いも立派な大人の女子《おなご》に見えた。自分でいいのか、と気圧《けお》される思いがあった。

「では栗原家も、それを承知で迎えたのでござろうか」

「そういう話に、なっていたと存じます」

「そうか」

知らないのは自分だけだったのかと、冷や汗が出た。騙されたわけだが、腹が立ったわけではなかった。

「事前に話してしまうと、植村殿は緊張されるのではないかと」

佐名木が言ったとか。話してほしかったという思いもあったが、そうでない気持ちもあった。何であれ、心遣いはありがたい。

「殿も、ご承知です」

その言葉にも驚いた。

「まさか」

今朝も挨拶《あいさつ》をしたが、このことはおくびにも出さなかった。

弾《はず》んだ気持ちも湧いてきた。ただ植村はそこで考えた。喜世も、縁談については知っていたはずだ。

けれども華《はな》やぐというよりも、憂い顔だった。

「自分のことが、気に入らなかったのか」

そこが気になった。自分は巨漢で、面相もよくはない。禄高も低いという弱気な思いがきざしている。嬉しいよりも、戸惑いがあった。

第一章　捕らえた侍

一

北町奉行所高積見廻《たかづみ》り与力の山野辺蔵之助《やまのべくらのすけ》が、京橋柳町の繰綿問屋川路屋に白昼《はくちゅう》五名の侍による押し込みがあったことを知ったのは、町廻りを済ませて奉行所へ戻ってきてからだった。

すでに定町《じょうまち》廻り同心が、犯行の場へ出向いていた。

奪われたのは二百五十一両で、殺されたのは隠居の民右衛門《たみえもん》だという。

京橋柳町は、山野辺の町廻り区域内である。民右衛門の顔は知っていた。聞くと賊は、店脇の路地から、積んである荷を足掛かりにして敷地内に入ったという話だった。

「朝のうちに廻って、注意をしたばかりではないか」

表通りに荷が積まれていたので、どけるように命じた。しかし店では、表通りにあった荷を、路地に置き直しただけだった。

その荷を足場にして、五人の侍は板塀を乗り越えたのである。もっと厳しく注意をすればよかったという後悔があった。

ともあれ事件は起こってしまった。そこで山野辺は、役割ではないが川路屋へ行ってみることにした。

「白昼堂々と、とんでもないやつらです」

現場にいた中年の定町廻り同心は、怒りの顔で言った。山野辺は同心から、調べの様子を聞いた。押し入ったところから、舟で逃げるまでの詳細だ。

死体も検めた。見事な斬り口だった。

殺害の場を見ていた奉公人はいたが、何もできなかった。民右衛門が一撃で倒されて、恐怖で声も出なかった。

問いかけに答えていて思い出すのか、顔を引き攣《つ》らせて何も言えなくなる者もいた。

その気持ちは、山野辺にも理解できた。

通りに出た賊の五人は、楓川河岸に舫《もや》っていた古舟に乗り込んだ。白昼ゆえ、その場を見ていた者は多数いた。けれどもその五人が侍だということ以外は、何も分からなかった。

「菅笠を被り、顔には布を巻いていたそうです」

「五人の身なりは」

「浪人者ではなく、すべて部屋住《へやず》みふうの身なりだったと、目にした者は話しています」

「逃げた舟はどうした」

「八丁堀を使って江戸の海に出ました」

そうなると、行き先の可能性はとてつもなく広くなる。芝《しば》や上総《かずさ》方面、大川など河川にも逃げ込める。

同心は、八丁堀を行くそれらしき舟を見た者を捜し出していた。それで海に逃げたことが分かった。ただそこから先の動きが分からない。

「襲った者に、覚えはないのか」

山野辺は主人や番頭に問いかけた。

「お旗本家に出入りはさせていただいておりますが、他には覚えがありません」

不逞《ふてい》な侍とは、関わりがないと告げていた。

「では店について、調べた気配の者はいないのか」

話を聞く限りでは、敷地内に入った賊たちは隠居のもとへ真っ先に向かっていた。隠居したとはいえ、殺された民右衛門はまだ店の財布を握っていた。

「調べはしたかもしれません」

初老の番頭は答えた。不逞の侍が、行き当たりばったりに押し入ったのではないという考えだ。

「店の内情を知っている人は、それなりにいるかもしれません」

荷を塀際に置いたのは不覚だが、五人は無駄な動きをしていなかった。番頭は苦渋の面持《おももち》で告げた。

「ある程度、漏れてはいただろうという話だな」

主人と番頭は頷《うなず》いた。亡くなった隠居の民右衛門が銭箱を抱えていることは、奉公人だけでなく、店に出入りする少なくない者が知っていた。そこから探るのは難しそうだ。

「逃げていった舟はどうか」

犯行の間、船着場にあったわけだから、気がついた者がいたかもしれない。河岸道《かしみち》には多くの人がいた。山野辺は尋ねて廻ることにした。同心は、まだそこまで手が回っていなかった。

「古舟でしたね」

というのが、五人の侍たちが立ち去る姿を目撃した複数の者の証言だった。

「舟に特徴はないか」

「さあ」

舟の形よりも、侍たちに目をやっていた。首を傾げる者がほとんどだが、そうでない者もいた。川路屋の隣の蠟燭《ろうそく》屋の手代だ。

「どこかの船宿のものかもしれません」

「なぜそう思うのか」

「船尾に、焼き印の痕《あと》があったような」

どこの船宿の舟か、明らかにするものだ。

「どのような焼き印か」

「それが、擦《こす》った感じでして」

はっきり見えなかった。分からぬように、消したのか。ただそれは、かえって舟を特定できそうな気がした。

「舟はそのまま隠したか、どこかに乗り捨てたか」

乗り捨てたのならば、捜しやすい。犯行の刻限以降、乗り捨てられた舟を捜せばいいい。とはいえ江戸は広かった。

船着場を、一つ一つ当たるのは不可能だ。

そこで奉行所から、船着場のある町の自身番《じしんばん》へ確かめてほしいという文書を回した。舟を捜し出せれば、探索は進む。

定町廻り同心は、他にも事件を抱えていた。そこで山野辺が、この件を当たることにした。路地に置かれた積み荷が、犯行をしやすくした。まったく関わりがないとは思わなかった。

二

爽《さわ》やかな秋空で、町を歩くのは心地いい。正紀は杉尾善兵衛《すぎおぜんべえ》と橋本利之助《はしもとりのすけ》、それに栗原屋敷からいったん戻った源之助を供にして、江戸の町を巡っていた。

日本橋《にほんばし》の南橋袂《みなみはしだもと》に出ると、ぷんと鼻を衝《つ》く菊の香《か》があった。目をやると、菊花壇《きくかだん》が広場の端にできていた。

黄色や白、赤紫の花の色が、目に飛び込んできた。通りかかった人が、立ち止まって見物をしている。

正紀ら四人も、近くに寄って様々な菊に目をやった。まずは野菊が断崖《だんがい》の岩間から垂れ下がって咲いているように仕立てた、懸崖造《けんがいづく》りに気を引かれた。色も鮮やかな大輪咲きの一文字菊《いちもんじぎく》と管物菊《くだものぎく》が整列する姿にも息を吞んだ。丹精《たんせい》を込めて育てられた一輪一輪だ。

「見事でございますな」

「さすがに江戸でございます」

杉尾の言葉に、橋本が続けた。橋本は江戸へ出てきてまだ半年ほどにしかならない。国許《くにもと》では、とても目にできる代物《しろもの》ではなかった。

「このような菊が、この世にあるのですね」

四人はしばらく見とれた。

「目の保養になったぞ」

正紀が言うと、また四人は通りを歩き始める。

商家に並べられた物の値、品揃えなどを検めてゆく。日々、店頭にある品は変わる。居付きの店だけではない。露店や振り売りの様子にも目をやった。店に出入りする客たちの様子にも関心を持つ。

月に数度、正紀は町の者の暮らしぶりなどを探る。杉尾と橋本は高岡藩の廻漕河岸《かいそうかし》場方《ばかた》の藩士で、諸色《しょしき》の値の動きには常に目を光らせていた。

一万石の高岡藩は、天明《てんめい》の飢饉《ききん》を経《へ》て財政は逼迫《ひっぱく》していた。婿に入った正紀は、その財政を立て直すことを第一に考えて今日まで過ごしてきた。国許高岡は、地形上新田の開発は望めない。しかし利根《とね》川沿いに領地があることで、高岡河岸を水上輸送の中継地として活性化させることを考えた。

それで運上金《うんじょうきん》や冥加金《みょうがきん》を得ることができるようになった。さらに各地の産物を、産地から藩が直《じか》に仕入れたり、商家に仲介したりして、利を得ることもするようになった。

藩の財政は、徐々に安定してきたのである。

ただそのためには、市場の産物の値動きや、扱われる品の種類などには、常に目を光らせておく必要が出てきた。江戸だけでなく地方でも売れそうな品があったら、高岡河岸を起点にして売ることを勧める。

廻漕河岸場方は、高岡河岸の活性化を目指すために正紀が新たに定めたものだが、諸色の値動きについても常に目を光らせる役目となった。

「呉服屋では、ひと頃見かけなかった明るい派手な着物などが店先に並ぶようになりましたね」

「うむ。つい数か月前には見かけなかった色柄だな」

源之助の言葉に、正紀が返した。店の前で立ち止まって、店の様子を窺《うかが》った。若い娘が、反物を広げて色柄を選んでいる。

「贅沢《ぜいたく》ですなあ」

橋本が呟《つぶや》いた。

「しかしな。金持ちが銭を使うことは、よいことだぞ」

正紀は言った。

「さようでございますね。銭を使う者が多くなれば、商いの品が動くということになりますゆえ」

消費が活発になれば、雇用も生まれる。杉尾はそのことを橋本に話したのだ。

先月、先代藩主の正国が亡くなって、名実ともに正紀は、高岡藩を背負う立場になった。

国替えの危機もあったが、どうにか乗り越えられた。これからさらに、藩財政を良好なものにしてゆく覚悟だった。

正国を亡くしたのは無念だが、高岡藩と正紀には、喜ばしいこともあった。正室の京が、いよいよ臨月《りんげつ》を迎える。井上家に、新たな命が誕生する。藩士一同は、それを待ち望んでいた。

「今頃植村は、どうしているだろうか」

植村が見合いに行っていることも、正紀の頭をよぎった。佐名木から話を聞いて、何よりの話だと考えた。

植村のこれまでの労に報《むく》いてやりたいという思いだ。源之助が案内をしただけでこちらへ戻ったのは、邪魔にならないようにするためだ。

「酒の値が、下がってきましたね」

酒問屋の店先に目を向けた源之助が口にした。

造酒額厳守《ぞうしゅがくげんしゅ》の触《ふれ》が出て、酒は驚くほどの高値をつけた。昨年は米が不作だったからだが、今年は各地が豊作の気配となっている。米や酒の値は下がりそうだった。

それに関連して諸色の値も下がり始めている。米の値がどうなるかで、他の品々の値も動く。

「こうなると、買い控えていた町の者たちは、銭を使うようになりますね」

「銭の流れがよくなれば、商いが活発になって、高岡河岸の利用も増えますね」

橋本の言葉に、杉尾が続けた。

四人は日本橋本町《ほんちょう》近くまで戻ってきた。そこで、見覚えのある若旦那ふうの男が目に入った。

いかにもひ弱そうな体つきで、丸眼鏡《まるめがね》をかけている。人の迷惑など考えずに、物品を検め、その値を確かめては、手にした帳面に書き入れをしていた。

今日は、米の値段を調べている。本町三丁目の両替屋熊井《くまい》屋の跡取り房太郎《ふさたろう》だった。

何年か前に、井上家菩提寺《ぼだいじ》の改築にあたって正紀が苦労していたときに、助言を得た麦の相場で助けられた。それ以来の付き合いだ。

通りがかりの者とぶつかって、体がふらついた。

正紀はその腕を摑んで、支えてやった。

「久しぶりだな」

「これは正紀様」

顔を近づけて、正紀だと分かると頭を下げた。

「この度は、ご愁傷《しゅうしょう》様で」

房太郎は、正国が亡くなったことを知っていて、悔《く》やみの言葉を述べた。変わり者には違いないが、前よりも成長した印象があった。店が近いので、茶でも飲んでいってくれと勧められた。

本町通りは、大店や老舗《しにせ》が並んでいる大きな通りだ。人や荷車の往来が、途切れることはない。

熊井屋はその道筋にある店の中では、最も小さなものだった。しかし久しぶりに熊井屋の店の前に立つと、建物の修繕がおこなわれていて落ち着いた見栄えになっていた。掃除も行き届いている。

「お帰りなさいませ」

新たに雇った小僧が出迎えた。先客がいて、房太郎の父房右衛門《ふさえもん》が応対をしていた。店は繁盛している模様だった。

両替屋は、三貨《さんか》を使うこの時代では欠かせないものだった。世に流通しているのは、小判のような金貨と、五匁銀や南鐐《なんりょう》二《に》朱銀《しゅぎん》などの銀貨、それに一文銭《いちもんせん》や四文銭《しもんせん》などの銭貨《せんか》である。

金貨はおおむね武家が用いて、銀貨は商取引に使われた。町の者が物品を買い入れる場合は銭貨を使った。

職人などの賃金は、銭貨で受け取った。大根や饅頭《まんじゅう》も銭貨で買う。これを小判で買うわけにはいかないし、高額な品の支払いを銭でするのは厄介《やっかい》だった。そこで三貨を両替する商いの者が現れた。それが両替屋だ。

両替屋には、二種類があった。三貨の両替だけでなく、金銀の貸付、預金、手形に関する業務までをおこなう店を本両替《ほんりようがえ》といった。大坂《おおさか》の両替商と連絡を取り合って、遠隔地の商品の代金を為替《かわせ》での支払いに代えることもした。

熊井屋は、このような大商いの店ではなかった。三貨の両替を中心にして、手数料を得る稼ぎだった。脇両替《わきりようがえ》と呼ばれる店である。

「両替の手数料を得るだけでは、面白くありません」

房太郎は、よくこれを口にした。

三貨の交換比率は、一定ではない。その折々の状況によって変動した。三貨の値動きは、物の値の動きと重なる。だから房太郎は、いろいろな店を廻って品を検め、値を確かめていた。

「たとえ一つ一つの値動きは小さくても、それを合わせてじっくりと見ると、三貨のこれからの値動きが見えてきます」

と、初めて会ったときに告げられた。諸色の値動きを見ていると、値上がりや値下がりをしそうな物品も見えてくるのだとか。

正紀が前に麦の相場で利を得られたのは、その房太郎の物品の値動きを見る目があったからだった。

店にいた先客は、ご大身といった気配の侍主従だった。用事が済んだらしい。

「お殿様。いつもながら、お使いいただきありがとうございます」

房太郎が傍に寄って、丁寧に頭を下げた。殿様は、微《かす》かに頷いた。どこか傲岸《ごうがん》な気配で歳は四十代後半くらいに見えた。家臣《かしん》は二十代半ばの歳か。

房太郎は愛想《あいそ》よくさらに二言三言話しかけると、主従は立ち去っていった。

「店の顧客だな」

「はい。あの方は、家禄千石のお旗本で御使番《おつかいばん》を務める櫛淵内記《くしぶちないき》様です」

供侍は、用人の玉坂錦之助《たまさかきんのすけ》という者だとか。

「今年の初めから、駿河台《するがだい》のお屋敷にお出入りさせていただいています」

房太郎は、薄い胸を張った。脇両替の熊井屋は、もともと旗本家への出入りなどなかった。それができるようになったことを誇っているらしかった。

「正紀様、ご健勝《けんしょう》のご様子で」

父親の房右衛門と祖母おてつが、正紀に声をかけてきた。どちらも元気そうだったが、少し見ないうちに、多少老けた感じがした。二人とも、旗本家に出入りができるようになったことを喜んでいた。

房太郎の尽力に違いない。

「そろそろ女房を持たせ、代替わりをしたいのですがね」

おてつが言った。

「店は潤《うるお》っているようだな。相場は儲かっているのであろう」

正紀は言った。

「ええ。私の目には、狂いがありませんから」

房太郎は、相変わらず強気だ。

「今、かかっているのは何か」

知りたかった。高岡藩が関われるならば、関わってもいい。どぶろくで得た金子は、今すぐは使わない。場合によっては、すぐに使わない藩庫の金子をそれに足してもよかった。

「銭相場でございます」

昨年は不作で、米の値が上がり、それが他の値にも及んだ。度々出された、松平《まつだいら》定信《さだのぶ》の質素倹約の触《ふれ》も効いている。

「ですが物の値が下がってくれれば、町の者は物を買うようになります」

「なるほど、銭の利用が増えるわけだな」

「そういうことです」

今銭は底値だが、景気の回復につれて、銭の値は上がるというのが房太郎の判断だった。

「前に出た質素倹約の触など、誰も気にしていません」

「今、銭の値はいかほどか」

「一両で四千四百文ほどです」

「ずいぶんと安いな」

正紀の感覚からすれば、一両はおおむね四千文だった。

「しかし値上がりすれば、一両が三千五百文近くになるのではないかと見ています」

その言葉には驚いた。ただ房太郎は、こういうことでは冗談は口にしない。

「では、今が買い時というわけだな」

「そう思います。私は一両で四千三百十四文の銭を買いましたが、この機に買い増すつもりです」

まだ儲けられると踏んでいた。

「やってみませんか」

と勧められた。この一月《ひとつき》ほどの、値動きを記した帳面を見せられた。銭は、徐々に値を上げている。

「これまでが、安すぎました」

「そうだな」

検討の余地はありそうだった。その後、白昼の五人組の盗賊の話題になった。

「怖い話です」

房右衛門は、背筋を震わせた。今日の昼過ぎの出来事だが、すでに江戸中に広まっている様子だった。

「白昼堂々とは、なかなかの度胸だな」

「しかも捕まっていないわけですから」

普段は強気のおてつも、怯えている。

「うちあたりは、来ないでしょう。お金持ちは、もっと他にいますよ」

房太郎の言葉で、房右衛門とおてつは安堵《あんど》したらしかった。京の臨月の話などして、正紀らは熊井屋を出た。

源之助は、植村を迎えに栗原家へ行った。

夜、正紀は京の部屋へ行った。腹は日ごとに大きくなっているように感じた。今月中に出産の予定だった。

「ととさま」

孝姫《こう》が駆け寄ってくる。近頃は、足腰がしっかりしてきた。言葉にもめりはりができてきた。子どもの成長は早い。

「よしよし」

両手で抱き上げて、大好きな「高い高い」をしてやる。けたけたと笑って喜ぶ。手足をばたつかせた。

「房太郎が、商いを大きくしているのは何よりです」

正紀は、一日の出来事を話して聞かせる。聞いた京は言った。

「ただ相場の怖さは、忘れてはいけないと存じます」

儲かる者がいれば、損をする者もいる。誰を恨むわけにもいかないという話だった。

三

翌日、逃走に使ったとおぼしい古舟が、深川永代河岸にあると伝えられた。さすがに町奉行所が出した達しの力は大きかった。

山野辺は早速、大川の東、永代河岸の船着場へ向かった。川下に目を向けると、永代橋が聳《そび》えている。その向こうは、江戸の海だ。

舟を検めた。船底に、わずかな血痕が窺えた。山野辺は途中で伴ってきた、去ってゆく舟を見たと証言した蠟燭屋の手代に問いかけた。

「この舟ではなかったか」

「そうです。これでした」

手代は船首から船尾まで丁寧に見てから答えた。削った船尾の焼き印の痕も確認した。これはどこの舟か分かりにくくしている。

「五人がここで降りたのは、間違いない」

舟は乗り捨てたことになる。

手代は帰らせた。山野辺は、五人の菅笠の侍たちが舟から降りる場面を目撃した者はいないか、またどこの舟なのかを聞き込む。まずは一番近い深川佐賀《さが》町からだ。

「船着場に立っている、破落戸ふうは見かけたがねえ」

残された舟は、どこのものか簡単には分からない。

「舟だって、このあたりのものではないようだが」

ただ丹念に訊いてゆくと、菅笠を被った五人の侍が舟から降りるのを見たという子守りの婆さんと出会った。下膨《しもぶく》れの赤ら顔をしている。

「目つきの怖い三十歳くらいの破落戸みたいなやつが立っていて、五人を乗せた舟が来たら近くに寄りました」

「その破落戸ふうは、いつからいたのか」

「少し前に、小舟でその場へ来たと思います」

「どちらからだ」

「海の方からです」

「それでどうした」

「降り立った五人のうちの一人が、破落戸ふうに重そうな合切袋を渡しました」

合切袋には、奪った金子が入っていると思われた。

「その後で、やつらはどうしたのか」

「破落戸ふうが、お侍たちに小さな紙包みを渡していました」

大きさを、手で示した。掌《てのひら》に載るような、小さなものだ。すでに用意していたものと察せられた。

皆、大事そうに懐へ入れた。

「今思えば、小判かもしれません」

聞いた山野辺は、分け前かとも考えたがちと違う気がした。合切袋を受け取った破落戸ふうは、中身の額を分かっているのかどうか不明だ。中身を確かめなくては、分け前をどうするかの話などできないだろう。

「その後、六人はどうした」

「別々に、船着場から離れていきました」

破落戸ふうは、侍たちを見送った。

「話などは、していなかったのか」

その中身が分かれば、侍たちに近づく手掛かりになるかもしれない。

「誰とも話をしていませんでした」

「おかしいな」

共に押し込みをするような間柄なら、終われば何か話をするのではないか。危ない橋を、共に渡った仲だ。

「あのお侍たち、親しい者同士には感じなかったですね」

舟を降りた後で破落戸ふうと話をしたのは、合切袋を渡した侍だけだったとか。

「破落戸ふうを含めた六人の顔は、見たのか」

「お侍はみんな、菅笠を被っていたので、よく見えませんでした」

顔を見て覚えているのは、破落戸ふうだけだった。それでも、上出来だった。いずれ役に立つ。

「その破落戸の、着物の色や柄は覚えていないか」

「ええ。柿渋《かきしぶ》で子持ち縞《こもじま》の着物でした」

これは手掛かりになる。

残された舟については、町の自身番にしばらく管理をさせることにした。

破落戸ふうが乗ってきた舟は見当たらない。婆さんは、破落戸がどこへ行ったかまでは見ていなかった。赤子がぐずれば、あやしもするだろう。

それから山野辺は、立ち去った五人の足取りについて問いかけをしてゆく。

まずは近くの倉庫の番人だった。

「昨日の八つ半（午後三時）頃、菅笠を被った草鞋履きの部屋住みふうの若侍を見かけなかったか」

「菅笠を被った侍なんて、珍しくないですよ」

「草鞋履きだったはずだが」

「そんな履いているものまで、いちいち見ませんよ」

おおむね曖昧《あいまい》な返答だ。手掛かりにはならない。ただ町の木戸番小屋の番人が覚えていた。

「仙台堀《せんだいぼり》の上ノ橋《かみのはし》を北へ渡っていきました」

さらに行くと、清住町《きよすみ》でも見かけたという者がいた。

「万年橋《まんねん》を北へ渡っていったような」

そこで新大橋《しんおおはし》あたりまで行ってみた。しかしそのあたりで見かけた者はいなかった。

あきらめかけたが、小名木川《おなぎ》に添って東へ行ったのではないかと考えた。

田安《たやす》屋敷の手前の御徒組《おかちぐみ》の大縄地《おおなわち》のところで、見かけたという豆腐の振り売りと出会った。

「ちょっと見た感じでは、部屋住みみたいでしたけどね。御徒の組屋敷がある中へ入っていきました」

小名木川沿いに、その一画がある。田安屋敷の西側だ。

昨日の七つ（午後四時）にはならない頃で、菅笠で草鞋履きの身なりだった。どこの屋敷へ入ったかは分からない。

そこで組屋敷の並ぶ道に入って、出会った者に訊いていった。

すると前髪《まえがみ》の十三、四歳くらいの若侍が、その姿を覚えていた。

「浪人かと思いましたが、そうではありませんでした」

「存じ寄りの御仁《ごじん》だったのですな」

「はい。渡部《わたべ》家のご次男、久作《きゅうさく》殿でした」

家禄七十俵御徒衆の二十五歳になる次男坊だそうな。

「直参の家の者か」

白昼堂々の、押し込み仲間の一人である。これは驚いた。

四

栗原屋敷へ行った翌日、植村は、市《いち》ヶ谷《や》の尾張藩上屋敷に書状を運ぶように命じられた。よくあることだ。

そのついでに、植村は四谷に足を延ばした。

昨日の栗原家からの帰り道、源之助から喜世にまつわる話を聞いて、人には言えないが胸がときめいた。屋敷に戻って佐名木に報告したが、「ご苦労」と言われただけだった。

何か言われるかと期待したが、それはなかった。正紀にも会ったが、何も言われなかった。

拍子抜けしたが、何もなかったとは受け取らなかった。源之助が、からかってそういうことを口にするとは思えない。

となると喜世という女子《おなご》が、どういう人物なのか気になった。

祝言を挙げるかもしれない相手を見て、喜世に心弾む様子は感じなかった。それは自分を快《こころよ》く思っていないからではないか。植村は昨日と同じことを考えた。

出戻りだというのは気にしない。その折には、腹を痛めた子を、婚家に置いてきたとか。

腹を痛めた母としては、収まりのつかないことだと思われた。婚家は家禄二百五十石の新御番衆《しんごばんしゅう》を務める家だったと源之助から聞いた。家格は、栗原家より上だ。

離別して、一年ほどになる。

「いったい、どういう気持ちでいるのか」

父の栗原がよしとするならば、こちらが断らない限り話は進む。屋敷では、自分は好印象だったと感じる。

ただ気になるのは、話が進んだ場合、自分と一緒になって喜世は本当に満足なのか。その自信がなかった。

植村は、今尾藩にいたときから両親は亡い。兄弟もいなかった。女子の心の持ちようなど、考えることもないまま過ごしてきた。どうなるかは分からないが、もう少し喜世のことを知りたいと思った。

屋敷の近くで、栗原家や喜世について、植村は問いかけをした。詳しく知らない者や、話したくなさそうな者もいたが、斜め向かいの屋敷の隠居は話をしてくれた。

「まあ離縁となったのは、家風が合わなかったという話らしい。だが、それは表向きだろう」

「なるほど」

「早い話が姑《しゅうとめ》と合わなかったのではないか」

珍しい話とはいえない。

「気さくで、働き者の娘だったがな」

という評だった。そして三兄弟の仲はよかった。

「弟を可愛がっていた」

「戻ってきてからは、喜世殿はどうでしたか」

「やっぱり変わったな。明るさがなくなった。笑う顔を見ない」

「そうですか」

「栗原家は、跡取りの芳之助殿に嫁が来ることが決まったと聞く」

「めでたい話とは存ずるが」

「それはそうだが、喜世殿や文之助殿は居づらくなるのではないか」

「なるほど」

そういうことを、植村は考えたこともなかった。だが言われてみれば、ありそうだと思った。生まれ育った実家であっても、状況が変われば居心地も変わってくるのかもしれない。

「喜世殿の元の嫁ぎ先は、どちらでござろうか」

「それは」

しばし考えてから、老人は思い出したらしかった。小石川《こいしかわ》の御箪笥《おたんす》町の飯田《いいだ》家だと聞いた。植村は、様子を窺《うかが》いに行ってみることにした。

新御番衆は御目見《おめみえ》だから、格式が高い。片番所付きの長屋門だった。

辻番小屋の番人の老人に尋ねたが、家の中の詳しいことは分からないと言われた。

隣の屋敷の裏門近くにいたときに、老女中といった気配の者が出てきたので、「卒爾《そつじ》ながら」と問いかけた。腰を低くしている。

女中は喜世を知っていた。

「あの人は、辛かったのではないですかね」

と漏らした。もう去って一年以上になる。今となれば、話しやすいのかもしれなかった。

「姑でござるか」

「それもありますが」

と言って、老女中は言葉を濁《にご》した。植村は、喜世殿に縁談があり、事情を聞けるならば聞きたいと頼んだ。相手が自分だとは言わない。

「ほう」

という声を漏らしてから、老女中は言葉を続けた。

「夫になる方が、すべて姑の肩を持ったようで」

「厳しい姑と、庇ってくれない殿ごというわけだな」

婚家に味方はいなかった。姑にしても夫にしても、鬼でも蛇《じゃ》でもないはずだが、受け入れられないものがあったわけか。

「家を出されて、あの人はほっとしたんじゃないですかね」

老女中にしてみれば他人事《ひとごと》といっていいが、当人にしてみればめげたことだろう。心を病《や》んだかもしれない。

喜世にあった憂い顔のわけが、分かった気がした。

「子どもがいたと聞くが」

「いますよ。二歳になる跡取りが」

「その子は」

「何事もないように過ごしているようですけどね」

母親がいなくなって何とも思わないはずはないが、それは隣家にいては分からない。

「新しいご妻女が入ったと、聞きましたがね」

「そうか」

産んだ子がどうであれ、すでに喜世がどうにかできる事態でないのはよく分かった。

また生後一年もしないうちならば、母親の顔など覚えていないと察せられた。

五

渡部家の住まいは、百坪にも満たない御徒の組屋敷の一つだ。山野辺はやや離れた場所から、その住まいの様子を眺めた。

慎ましやかな暮らしぶりだが、家禄七十俵ならば、食べていけない家ではない。

「愚かなやつだ」

今すぐ捕らえて責め、仲間を白状させる手もあるが、もう少し調べてからでいいと判断した。直参の家の子ならば、逃げることはないだろう。

周辺を探れば、仲間の姿も現れてくると考えた。

「仲間同士で、必ず連絡を取り合うはずだ」

金子を与えた破落戸ふうも、現れるのではないか。

山野辺は、組屋敷周辺で出会った者に問いかけをした。まず部屋住みふうの二十歳前後の侍だ。

「久作殿は、子どもの頃から存じているが」

人となりを訊く。怪しまれぬよう、渡部に婿の話があって、調べに来たという口ぶりにした。

「剣術も学問も熱心で、組屋敷内での溝浚《どぶさら》いや火防《ひぶせ》の夜廻りなど、よくやっていたが」

兄との仲もよく、家の中で浮いている気配はなかった。

「近所の子どもを、可愛がっておりましたな」

と悪くは言わなかった。

「組屋敷内で親しくしていた者は」

「それならば、向かいの家の三男坊であろうか」

渡部と同い歳で、家族ぐるみの付き合いをしているという。ただそれが、押し込みの仲間だと考えるのは早計だ。

「その御仁だが、昨日の昼下がり、このあたりにおいでだったであろうか」

「おお。そういえば、顔を見かけたな」

それでは、犯行には加われない。渡部はなかなかの剣の腕前だというので、道場の場所を訊いた。

本所菊川町《ほんじよきくがわ》に近い、馬庭念流《まにわねん》の道場だとか。

山野辺は、早速出向いた。行ってみると、江戸の外れとはいえなかなか立派な道場だった。稽古の掛け声や、竹刀《しない》のぶつかる音が聞こえてくる。

近所で訊くと、周辺の武家屋敷の子弟が、数百人通ってきているそうな。深川では名門の道場だった。

稽古を終えて出てきた二十代半ばの門弟に、声をかけた。

「渡部殿は、当道場では龍虎《りゆうこ》と評される剣の腕前でござる」

すでに免許皆伝だとか。

「将来は、道場の師範代になるのではないかとの話もありました」

「なるほど。さすれば、どこかへ婿に入る必要もなくなりますな」

次三男は、どこかの御家に婿入りしなければ、武士《もののふ》として立つことはできない。しかし名門剣術道場の師範代ならば、それで収入を得、妻子を持つこともできる。

「ただそうなると、白昼の押し込みとは繋がらないぞ」

と山野辺は胸の内で呟いた。額は不明だが、数両の金子のために、己のこれからを棒に振るような愚かな真似はしないだろう。

しかし門弟は続けた。

「渡部殿の他に、もう一人河崎加来次郎《かわさきかくじろう》という門弟がおりましてな」

河崎が三歳上で、この二人が龍虎と呼ばれた。二月《ふたつき》ほど前、一門の重鎮が集まる剣術試合があった。ここで渡部と河崎が試合をした。勝った方が、師範代となるというものだった。

「河崎殿が、勝ったのでござるな」

山野辺は、思いついたことを口にした。

「さよう。渡部殿には、師範代の道は閉ざされ申した」

「そうか」

ならば自棄《やけ》を起こして、盗賊の仲間に加わることも考えたかもしれなかった。この数日、道場に顔を出していないとか。

渡部と親しくしていた門弟を訊いた。二人名が挙がった。その二人について訊くと、昨日の午後、二人は道場にいたと分かった。犯行には加われない。

ともあれ山野辺は、名の挙がった二人のところへ話を聞きに行く。住まいは本所と深川なので、遠くへ行かなくて済んだ。

「試合に負けたのには、がっかりしたようでござった」

問いかけに応じた門弟は、そう答えた。渡部は口には出さなかったが、師範代を目指していたのは分かっていた。いくつかあった婿の口にも目を向けず、稽古に励んでいた。

「よからぬ仲間と付き合っていた気配は」

「それはなかった。悪事に誘われるようなこともなかったと存ずるが」

もちろん破落戸と付き合っている気配もなかった。

もう一人のところへも行く。屋敷は、竪川《たてかわ》に架かる二《ふた》つ目《め》橋に近いところだった。おおむね、同じような返答だった。

ただ一つだけ違うことがあった。

「四日前のことだが、あやつぶらりと現れおった」

「何かあったのでござるか」

悪事に誘われたのかと思ったが、そうではなかった。この人物も、昨日の昼下がりにいた場所ははっきりしていた。

二人で酒を飲んだ。

「珍しく、あやつが奢《おご》ってくれました」

「ほう」

「臨時の実入りがあったとかで」

押し込みの前金でも受け取ったのか。金の出どころについては、訊いたが話さなかったという。

「飲みながら、どのような話をなされたか」

「おおむね剣術談義でござった」

「他には」

「互いの暮らしぶりについて話した」

渡部に、変わった気配はなかったとか。

「そういえば一つ、思いがけないことを問われました」

「どのような」

「それがしの屋敷近くに、大《おお》はしという船宿がござる」

二つ目橋のすぐ近くだ。貸座敷もあるが、おおむね吉原《よしわら》へ行く客を乗せるそうな。

山野辺は、次の言葉を待った。

「そこに貸し舟はあるかと、訊かれ申した」

「なるほど」

これは大きかった。あると答えると、違う話題になった。

それからすぐに、山野辺は船宿大はしへ向かった。

「ええ、舟をお貸ししました」

おかみは答えた。二十代半ばの、部屋住みといった感じの侍だったとか。

「いつのことか」

「昨日の、九つ（正午）あたりでした」

頼みに来たのは、その前日だった。まだ舟は、返されていない。

「初めて来た者に、舟を貸したのか」

「お客さんの送迎には使わない、古い舟です。貸し賃の他に一両を置いていただければ、初めての方にもお貸ししております」

舟が返されなければ、一両はそのまま受け取る。

「借りた侍について、名など記しておらぬのか」

「あります」

綴《つづ》りを出して見せた。貸した者の名や住まいが記されている。最後に、本所に住む梶田兵之助《かじたひょうのすけ》と名があった。

「偽名なのは間違いない」

と山野辺は踏んだ。

「それらしい舟が、永代河岸にある。出向いて確かめてもらいたい」

山野辺は、おかみを伴い永代河岸まで行った。

「これだ」

舟を見させた。おかみは、恐る恐る舟を検めた。そして頷いた。

「うちの舟です」

と証言した。

「借りに来た侍の顔は、分かっているか」

「もちろん、覚えています」

おかみは言った。

六

同じ日の正午近く、稲の刈り入れ状況を知らせる文《ふみ》が、国許高岡から正紀のもとへ届いた。正紀にとっては、何よりも気になることだった。

すでに刈り入れは、各地で始まっている。高岡河岸などから入る金子もあるが、大名家にとっては領地からの年貢米による収入が、やはり中心になった。稲は、刈り入れて初めて金子になる。無事に刈り入れが済めば、ほっとする。

この時季は野分《のわき》もあって、稲が一夜にして台無しになることもあった。

「今年は作柄も良好だ。刈り入れも、だいぶ進んでいるようだ」

正紀は昼食をとった後、京の部屋へ行った。読んだ文の内容を伝えた。

「何よりでございますな」

京も、安堵した様子だ。

「関八州《かんはっしゅう》は、おおむね豊作だ。米の値は、平年並みに落ち着くであろう」

正紀は、大きくなった京の腹を撫でる。腹の赤子が動くのが分かった。

「刈り入れがすべて済む頃には、生まれているであろうか」

正紀は呟いた。

高岡藩の藩財政は回復しているが、正紀にしてみれば、もっと楽にしたい。杉尾と橋本を伴って、今日も銭の値動きについて調べるべく町へ出た。

昨日房太郎から聞いた話は、ずっと気になっていた。

「米の値も、酒の値も、昨日よりも下がっていますね」

「商人《あきんど》は、値動きにはすぐに反応いたしまする」

橋本と杉尾が言った。熊井屋ではない両替屋を覗いた。その日の両替の値が、紙に書いて貼られていた。

一両が四千二百九十二文になっていた。

「昨日よりも、二十二文値上がりしていますね」

「十両ならば二百二十文、百両ならば二千二百文、およそ一両の半分となります」

杉尾の言葉を受けて、橋本が目を輝かせた。

「こんなふうに、銭の値は毎日上がってゆくのでしょうか」

橋本はこれまで、相場に関わったことはない。

「上がってゆくとは限らぬ。下がれば、その分だけ損となる」

「買い入れている量が多ければ、儲けも損も、大きくなりますね」

正紀の言葉に、杉尾が答えた。橋本が、顔を強張《こわば》らせた。

「博奕《ばくち》ということでしょうか」

「そうではなかろう。丁の目が出るか半の目が出るかは運だが、これは違う」

「はあ」

「世の動きを見て、値上がりするか値下がりするか、判断をするのは己だ。見方が誤っていれば、損をする」

「なるほど。あくまでも、自分次第だということですね」

正紀の言葉に橋本は頷いた。

「そうなると、容易《たやす》くは乗れませぬな」

怯《ひる》んだ顔になって続けた。

「ただ房太郎殿の話だと、銭の値は上がる気配だと」

杉尾は、やりたい様子だった。

値が上がったり下がったりするのには、それなりの理由がある。房太郎は、値上がりする理由を話していた。

「あやつの目は、確かではあるが」

そのお陰で、かつて高岡藩は急場を凌《しの》ぐことができた。房太郎は毎日物の値動きを検めている。その裏打ちがあるから信頼できるが、それでも絶対はないと正紀は思っていた。

そこで他の両替屋へも行ってみた。

「ここは、一両が四千二百九十文ですね」

店の中を覗いた橋本が、声を上げた。いくつかの店を廻ったが、正紀の目にも値上がりの気配は感じられた。

「少額で始めてもよろしいのでは」

遠慮がちに杉尾が言った。正紀も考えていたところだった。

このとき、目の前を山野辺が通りかかった。向こうは、こちらに気づかない。

「おい、どうした」

正紀が声をかけた。

山野辺と正紀は同い歳で、共に幼少から神道無念流戸賀崎《とがさき》道場で剣を学んだ。幼《おさな》馴染《なじみ》の剣友である。今では身分も暮らしぶりも変わったが、「おれ」「おまえ」の関係は続いていた。高岡藩の苦境の折には力を貸してもらった。

山野辺は頬を赤らめ、やや目を吊り上げている。興奮を抑えているときの顔だ。

「実はな」

挨拶はない。山野辺は、昨日の白昼の五人組の件について探索をしていると告げた上で、渡部久作に関する調べの詳細を伝えてきた。

「そうか、よくそこまで辿り着いたな」

事件のことは耳にしていたが、その後どうなっていたかは、知るよしもなかった。

「生け捕りにしたいと思う」

山野辺は言った。捕らえることで、押し込みらの正体を摑み、一味のすべての者を捕らえなくてはならない。

山野辺も相当な剣の遣い手だが、渡部には油断ができない。歯向かうかもしれない。斬り捨てるのでよければ一人でもかまわないが、捕らえるとなると人数が欲しい。そこで北町奉行所へ助勢を得ようと、向かっていたところだと知らされた。

「ならば、早い方がよかろう。我らが助勢をいたす」

山野辺から話を聞いた正紀は言った。山野辺の力になれるならば、喜んでやる。

「では」

町奉行所ではなく、四人で渡部の組屋敷へ向かった。そろそろ夕暮れどきで、西日が少し眩しかった。

目当ての渡部久作は留守だった。家の者を呼び出したが、行き先は知らなかった。

念のため、破落戸ふうが訪ねてきたことはないかと訊いたが、それはないとの返答だった。

「どこにいるのか」

渡部は酒をよく飲むのかと訊くと、飲むと告げられた。銭は持っているはずだから、一杯やっていてもおかしくない。

そこで近所の、酒を飲ませる店を当たった。そろそろ、商いを始めている。

捜すと、二十代半ばの侍が、煮売り酒屋で飲んでいた。

「渡部久作殿でござるな」

山野辺が声をかけた。相手は驚きの顔を向けた。手にしていた猪口《ちょこ》を置いて逃げようとしたが、正紀らが周りを囲んでいた。

「そうだ」

渡部は頷いた。外に呼び出し、山野辺が向かい合った。

「その方《ほう》、昨日、京橋柳町の繰綿問屋川路屋へ、仲間五人で徒党を組み押し入ったであろう」

「ううむ」

驚きはあったが、そう問われるのは分かっていたようにも感じられた。

「何の証拠があってそのような」

居直った様子で問いかけてきた。酒を飲んだはずなのに、顔が青ざめている。

永代河岸での目撃者のことから、船宿大はしのおかみの証言までを伝えた。

「おのれ」

逃れられないと悟ったらしかった。渡部は刀を抜いた。山野辺も、その直後に刀を抜いた。

正紀ら三人は、渡部の逃げ道を塞《ふさ》ぐ場所に立って身構えた。刀はいつでも抜ける体勢だ。

「やっ」

山野辺の脳天を狙った渡部の一撃は、勢いがあって鋭かった。山野辺は体を脇に回り込ませながら、振り下ろされた刀身を撥《は》ね上げた。

そのまま切っ先を、小手めがけて突き出した。

相手はそれをあっさりと躱《かわ》して、体を横に飛ばした。その位置から前に踏み込んで、山野辺の肘《ひじ》を突いてきた。

強靭《きょうじん》な脚力があった。剣の動きにも無駄がない。

だが山野辺の刀身は、攻めてくるのを待っていたかのように相手の切っ先を払って、逆に手の甲《こう》を打ちにいった。距離が近かった。

山野辺の切っ先が、右手の甲に触れた。わずかに血が飛んだ。剣の腕は、山野辺の方が上だった。

渡部は後ろへ下がった。この場から逃げようとしたが、正紀が立ち塞がった。相手は慌てていた。

正紀は抜いた刀を峰に返して、渡部の右手の甲を打った。

「うっ」

呻《うめ》き声と共に、刀が飛んだ。

それを機に、杉尾と橋本が渡部の体に躍りかかった。瞬《また》く間に縛り上げげた。

七

渡部を深川鞘番所《さやばんしょ》へ連行し、山野辺が問《と》い質《ただ》しをおこなった。正紀もその場に同席した。

犯行に使われた舟が、こちらには物証としてある。川路屋を襲ったことについては、すぐに自白した。

「襲ったのは五人。それがしが舟を用意し、永代河岸に五人が集まって舟に乗り込んだ」

艪を漕いだのは、舟を用意した渡部だった。

「舟を用意するように、告げられていたわけだな」

「そうだ」

借り方は教えられた。一両を払うが、それはあらかじめ渡されている。渡したままにしてよいと告げられていた。渡部にしたら、己の金ではなかった。

「金になる仕事をいたさぬか」

と言って近づいてきたのは、二十代半ばの歳の主持《しゅうも》ちの侍だった。試合に負けて、むしゃくしゃしていた。

一刻余りで五両稼げると告げられて、話に乗った。

「まともなことではないと、気づかなかったのか」

「気づいてはいたさ。だがそのときは、どうでもよかった」

前金に、一両貰っていた。

「何をするのか、事前に聞いていたのだな」

「楓川に架かる弾正橋下の船着場へ行けというのは、事前に聞いていた」

「他は」

「繰綿問屋へ押し込むのは、集まった船着場で聞いた」

顔を布で覆えと命じられてからだ。指図をしたのは声をかけてきた侍ではなく、破落戸ふうだった。

「破落戸ふうも、仲間だったわけだな」

「そうだ。事前に侍から紹介された。そのときに前金の一両を受け取った」

「声をかけてきた侍は、どうしたのか。押し込みの仲間に加わったのか」

「いや。それきり、顔は見ていない」

名も知らないままだった。

「では五人が集まってから、何をするか知らされたわけか」

「そうだ。破落戸ふうが言った」

これは仰天した。破落戸ふうが、侍に指図をしたことになる。

「途中でやめようとは、思わなかったのか」

「思ったさ。だがな、素性は知られていた。途中でやめても、他の者はやる。おまえは逃げても仲間だとされると脅された」

「破落戸ふうにか」

「そうだ」

こちらは破落戸らの素性を知らなくても、向こうはこちらの家も名も知っていた。怖いと思った。

仕事をやると答えたところで、声をかけてきた侍は姿を消し、破落戸ふうの指図をする男が現れたという段取りである。

「破落戸は、何と名乗ってきていたのか」

「フナとか言っていたが」

どこまで本当かは分からない。ただ前金の一両は、嬉しかった。それまで小判など、手にしたことがなかった。怖さが、それで薄れた。

「では、川路屋を襲うにあたって具体的な指図をしたのは、誰か」

「五人のうちで、一番年嵩の者だった」

それがフナと名乗った破落戸ふうと話をしていた。年嵩以外は、命じられたことをしただけだった。

「弾正橋下の船着場で舟を降りたときには、もうやるしかないと腹を決めていた」

舟の中で顔に布を巻いた。誰にも気づかれはしないと、フナと名乗った男は言っていた。

「他の仲間とは、そのことについて、話をしなかったのか」

捕らえられれば、死罪になることもある悪事だ。仲間なら、そのことについて話したのではないか。

すると思いがけない返答があった。

「共に押し入った四人については、すべて知らぬ者だった。すべて永代河岸の船着場で、初めて会った」

「な、何だと。そんな馬鹿なことがあるものか」

人を殺して二百五十一両を奪ったのである。氏《うじ》も素性も知らない者が直前に会って、押し込みを図ったというのか。

驚きでしかなかった。にわかには信じられない。

「たわけたことを申すな」

山野辺は、渡部を痛めつけた。しかし証言は変わらなかった。

「魔が差したのだ」

と涙と共に語っている。自棄になってもいたし、目先の金子にも目が眩《くら》んだ。今は実家がどうなるか案じているが、やると伝えたときには、何も考えていなかった。渡部の罪状は、すでに死罪となる案件だ。実家もただでは済まない。となると、仲間を庇う理由はない。

やり取りを見ていた正紀は、渡部は本当に知らないのだと察した。山野辺も、同じ気持ちになったらしかった。

渡部の犯行については町奉行所や目付にも伝え、身柄を小伝馬町《こでんまちょう》の牢屋敷に移した。

第二章　銭の買入れ

一

　翌日、山野辺は町廻りを済ませた後、五人組の盗賊の指図役をした破落戸ふうを捜すことにした。町廻りも疎《おろそ》かにはしていない。川路屋では、置いた荷を踏み台にされて押し込まれた。

　正紀らのお陰で、賊の一人渡部を捕らえることができたが、供述内容には驚きがあった。これまでの盗みの形とは明らかに違う。

　押し込みの場で指図をした年嵩の侍も、奪った金の山分けではなく、紙に包まれた金を受け取った。押し込みの現場には出なかった破落戸ふうが、盗んだ金二百五十一両を受け取った。

渡部は五両という金子で、およそ一刻半（三時間）の「仕事」を請け負った形である。分け前の話はなかった。

そもそも声をかけてきた侍や破落戸については、住まいも名も知らなかった。破落戸ふうが、フナと名乗っただけだった。

渡部は、十日ほど前に、深川馬場《ばば》通りで数人の不逞浪人に絡まれている町人を助けたとか。二日後、そのときの動きを見ていたと告げる身なりのちゃんとした侍から声をかけられ、一仕事しないかと誘われた。

このときには、向こうは渡部の素性を知っていた。

「後をつけられて、素性を調べられたのに違いない」

問い質しの折に、渡部は言った。そしてフナという破落戸ふうを紹介された。侍は何者か分からないうちに、姿を消した。それ以降は、破落戸が指図をした。舟を借りるようにと命じ、そのための金子を寄こした。前金の一両もだ。

「破落戸は、おそらくただの指図役だろう」

「いかにも。その破落戸や声掛けをしてきた侍の向こうに、黒幕がいるはずだ」

昨日、山野辺は正紀と話した。また山野辺は類似の事件が起こっていないか当たった。すると先月の八月十日、浅草黒船町《あさくさくろふねちょう》の米問屋南部《なんぶ》屋に白昼の押し込みがあったことが分かった。そのときは四人組で、百十三両を奪った。歯向かった者はいなかったので、死傷者は出ていなかった。月番《つきばん》は南町奉行所で、慎重な探索がおこなわれたが、押し込んだ者を捕らえることはできなかった。

乱暴な手口は、ほぼ同じだった。

山野辺が出向いた場所は、大川の東、永代河岸の船着場である。ここで赤子を背負った婆さんが、待っていた破落戸ふうと、下船する五人の姿を目撃していた。

改めて婆さんに訊く。何か他に、思い出すかもしれない。

「五人を迎えた破落戸ふうだが、どちらの方角へ立ち去ったかも見ておらぬか」

昨日聞き漏らしたことを尋ねた。

「さあ、どうだったっけ」

立ち去ってゆく姿は、見ていなかった。

「その前後に、誰かあの場所にいなかったか」

他にも、見ていた者がいるかもしれない。

「ええと、そういえば、元船頭の爺さんがやって来て、煙草《たばこ》を吸い始めたっけ。あの人ならば、見ていたかもしれない」

その爺さんの住まいを聞いて、訪ねた。川漁師の船具を入れる小屋を、寝起きできるように修理した住まいだった。

わずかに首を捻《ひね》ってから、爺さんは答えた。

「一昨日《おととい》の八つ過ぎ頃、破落戸ふうがいやしたね」

五人の侍が去ってゆく様子も見ていた。子守りの婆さんは、ぐずり始めた赤子をあやしていた。

「その破落戸は、どこへ向かったのか」

「侍が二人と、商人みたいな人が来ました」

三人だ。

「何をしたのか」

「破落戸ふうは、抱えていた重そうな袋を、侍に渡しました」

「それでどうした」

「中を見ていました」

「受け取った三人は、その後どうしたのか」

「舫《もや》ってあった小舟に乗りました」

破落戸がここまで乗ってきた舟だと思われた。

「それで船着場から離れたわけだな」

「そうです」

三人を乗せた小舟は、川上に向かった。

「その後、破落戸ふうはどうした」

「あっちの方へ歩いて行きました」

指差した方向は、油堀《あぶらぼり》に架かる下ノ橋《しものはし》の方で渡部と同じだ。爺さんは、破落戸の着物の柄を覚えていた。

「柿渋の子持ち縞でした」

それを目当てに、山野辺は歩いて行った先へ向かう。商家の店先にいた小僧や、通りかかった蜆売《しじみう》りなどに訊いたが、知らないと言われるばかりだった。

下ノ橋の袂に、物貰いの婆さんがいて座っていた。蓬髪《ほうはつ》で薄汚れた身なりをして、膝前《ひざまえ》に欠《か》け丼《どんぶり》が置いてあった。

「その方《ほう》、毎日ここに来ているのか」

「はい。正午あたりから」

一昨日の昼八つ半頃もここにいたと言う。

「破落戸ふうですか。それならば、毎日のように通りますが」

そこで膝前の欠け丼に、小銭を入れてやった。身に着けていた着物の色柄を伝えた。

「そういえば、一昨日の昼八つ半くらいのときに、橋下の船着場へ降りてきて、停まっていた舟に乗ったやつがいたっけ」

着物の色柄も重なった。

「どのような舟だ」

「近在の百姓で、野菜や鶏卵《けいらん》を売りに来ます」

今は停まっていない。どこから来るのかは分からない。三日続けて来ることもあるが、四日顔を見せないこともあるとか。

近所でも野菜売りの百姓について訊いたが、住まいを知っている者はいなかった。

ともあれ、待つことにした。半刻（一時間）ほどして、野菜を積んだ舟が現れた。

漕いできた中年の百姓に問いかけた。

「へえ。一昨日、八つ半頃に乗せました」

過分の銭を貰ったとか。

「どこへ行ったのか」

「東堀留川《ひがしほりどめ》の万橋《よろずばし》下の船着場です」

破落戸ふうを降ろした船着場まで行かせた。

河岸には、近くの商家の土蔵が並んでいる。東堀留川河岸は、山野辺は毎日のように通る場所だった。

「破落戸ふうの、馴染みの場所なのだな」

「おそらく。舟から降りたところで、東側の蔵の番人の爺さんと、何か話していました」

舟を漕いできた百姓は言った。

「よし」

山野辺は、東堀留川に架かる万橋へ行った。蔵の番人に声をかけた。

「一昨日の七つくらいに、野菜を積んだ舟から降りたやつですか」

着物の色柄も伝えた。番人は、少しばかり考えてから答えた。

「鮒吉《ふなきち》だね」

「そうか」

胸が躍った。渡部が口にしていた「フナ」と繋がるからだ。

「どういう者か」

「このあたりを、ふらふらしているやつですよ」

賭場《とば》に出入りしたり、商家の主人や番頭に強請《ゆすり》をかけたりする小悪党だという話だった。ふらふらしていて、住まいは分からない。

「二、三か月姿を見ないこともあるが、この二月《ふたつき》ほどは、よく見かけるな」

そこで山野辺は、土地の地廻りの子分にも問いかけをした。

「あいつは、十何年か前に越後《えちご》から江戸へ出てきた無宿者でさあ」

水呑百姓《みずのみびゃくしょう》の次三男といったところで歳は三十一、銭になることならば何でもする者らしい。

「あいつ、近頃はどうも、懐具合がいいようだ」

という話だった。

二

植村は佐名木の執務部屋へ呼ばれた。栗原家へ行った理由は源之助から聞いていたが、栗原家から屋敷へ戻ったときには、何の音沙汰《おとさた》もなかった。口には出さないが、気にはなっていた。

喜世については、源之助から大まかなことは聞いていた。前の婚姻については、不《ふ》憫《びん》だという気持ちはあった。しかしきりりとした立ち居振る舞いは好ましいし、器量も悪くない。

しかしまだ、祝言を挙げる相手としての実感はなかった。自分には手の届かない者のように感じた。

「その方が、栗原家へ行った件だが」

予想通り、佐名木は切り出してきた。

「ははっ」

体が強張ったのが分かった。これほど緊張したことはない。なぜこれほどまで緊張するのか考えて、少し慌てた。

「喜世という娘のことだが、どう思ったか」

「………」

「出戻りだがな、よい娘だ」

佐名木は言った。家老というよりは、伯父とでもいった立場の口ぶりだった。どう思ったかと問われても、返答のしようがなかった。いろいろな思いが浮かぶが、それがうまく言葉にならない。ますます慌てた。

気に入ったかと問われたら、「いや」とは言えない。ただ女とまともに付き合ったことなどないので、巨漢で才気があるとは思えない己に自信がなかった。家禄が低いのも気になっている。

祝言を挙げるならば、相手から望まれて添いたいと考えた。

全身から、汗が湧いてくる。答えられないでいると、佐名木が続けた。

「父親の喜左衛門殿は、喜世殿をその方に娶《めと》らせたいと望んでおられる。植村家の家禄のことは、伝えてある。それを踏まえた上での話だ」

今日、栗原家から佐名木宛てに、文が届いたとか。

「さようで」

腹の奥が熱くなった。家禄のことは承知の上だと知って、ほっとした。とはいえ、手放しで喜んだわけではなかった。

それは喜左衛門の気持ちで、喜世の思いではないと感じたからだ。

「喜世殿は、何と」

問いかけてみた。

「異存はないようだ」

父に言われれば、娘はそう答えるしかない。

「まことに」

と、つい念を押してしまった。

「ならば何度か会えばよい」

佐名木は返した。無理強《むりじ》いをするつもりはないらしい。植村はほっとした。とはいえ、縁談をこちらから断るつもりはなかった。

この少し後、高岡藩上屋敷の奥で問題が起こった。京が腹痛に苦しみ始めたのである。朝にはその気配がなかったから、周りの者は慌てたらしかった。

藩医と産婆が駆け付けた。

正紀も知らせを受けた。どきりとした。

京は孝姫を無事に産んだが、その前に流産をしたことがあった。そのことは口にしないが、京の気持ちの奥に残っていると正紀は察していた。

そしてもう一つ、京の気持ちを圧していることがあった。

「次こそは、跡取りの男子《おのこ》を」

この声は、親戚筋からも家臣たちからも起こっていた。跡取りの誕生は、武家にとっては最重要課題だ。それは京も分かっているから、心の負担になっている。

京は強そうに見えて、心に弱いところがあった。

「男子が生まれなければ、婿を取ればよい」

正紀は、京には常々そう話していた。自分も先代も、婿だった。

しかしそうは考えない者は多かった。尾張一門の総帥《そうすい》宗睦《むねちか》や兄の今尾藩主睦群《むつむら》も、男児を望んでいる。高岡藩井上家に、尾張の血を入れたいのだ。これはどうしようもなかった。

夕刻になって、京の腹痛は治まった。正紀は安堵した。

「しかし出産までに、何があるか分かりませぬ」

佐名木が言った。

「そうだな」

出産を経験した者で、世話をする者を傍に置こうという話になった。

「栗原家の喜世殿では、いかがでしょうか」

佐名木が言った。正紀としては、異存なかった。

三

翌日、正紀は杉尾と橋本に、銭の値を調べに町へ行かせた。値動き次第だが、「買ってもよい」という気持ちが大きくなっていた。

一刻ほどで、二人は戻ってきた。

「銭の値は、一両が四千二百八十八文になっていました」

と報告を受けた。二日前よりも四文の値上がりだ。額としては小さいが、値上がり気配だ。

相場に乗るならば、決断が必要だ。独断で決めてもよかったが、正紀は御座所に佐名木と井尻又十郎《いじりまたじゅうろう》、青山太平《あおやまたへい》と杉尾、源之助らを呼んで相談した。

「常ならば一両は四千文ほどです。ですから今は、底値と言っていいかもしれませぬ」

勘定頭《かんじょうがしら》の井尻が言った。三貨の交換は、折につけてしているので、状況は分かっていた。

小心者で、慎重な考え方をする。万事に細かいが、勘定方としては、これまでも重要な役割を果たしてきた。

「まだしばらくは、銭の値は上がるかと存じます」

杉尾が、諸色の売れ行きが好調で、銭の流通が増えていることを伝えた。

「しかし、何があるか分からぬぞ」

佐名木が、慎重なことを口にした。とはいえ、反対をしたわけではなかった。

少しばかりやり取りがあったところで、銭相場をやってみようという話になった。

どぶろくで手に入れた金子に、当面使わない予備の金子を加える。

「五十両ばかりでいかがでしょうか」

　井尻の言葉に、一同が頷いた。


　そこで正紀は、杉尾と橋本を伴って熊井屋の房太郎を訪ねた。

　房太郎は今日も物の値を調べに、朝から出ていた。正紀らは、戻ってくるのを四半《しはん》刻《とき》（三十分）ほど待った。

「あの子のお陰で、商いはうまくいってます。これで嫁取りをしてくれたら、もう何も言うことはないんですけどねえ」

　茶を振る舞ってくれたおてつがぼやいた。

「銭の値は、もっと上がります」

　戻ってきた房太郎は、強気だ。根拠は、今日も諸色の売れ行きがいいということだった。

「高い品から安いものまでです」

　町の者の購買意欲が上がっているという話だ。銭の需要が増えると言っていた。

「高岡藩でも、銭を買うといたそう」

正紀は告げた。

「それはよいことです」

房太郎は満足そうに頷いた。相場に加わる者が多くなるのは、すでに買い入れをしている者には好都合だろう。

五十両を、一両四千二百八十五文で買い入れた。

「気になることがあります」

通りに目をやっていた橋本が言った。

「何か」

「外で、この店を窺っている気配がありました」

武家だったそうな。不逞浪人といった外見ではなかったと言い足した。

「覚えがあるか」

と房太郎に訊いた。

「あります」

と躊躇《ためら》いもなく言って頷いたので、少しばかり驚いた。

「どういうことか」

「私は、銭金を扱う商人です」

いつもながら、自信に溢れた口調だ。吹けば飛ぶような薄っぺらな体軀《たいく》だが、気持ちは強い。そのまま続けた。

「武家だろうが町人だろうが、相場について予想を訊かれれば、お答えはします」

熊井屋で三貨を求めるならば、お客様だ。

「見込みを話すわけだな」

「そうです。嘘は言いません。自分が買った銭にしろ銀にしろ、また物品にしても、そういったものは勧めます」

上がるという根拠があるから、勧めることができる。

「買い手が増えれば、己が儲かるからな」

「そうです」

房太郎は悪びれない。人を騙したり不正な手立てをおこなったりするのでなければ、儲けることは悪事ではない。

「ただ私が話して相場を張り、損をした方はいます」

「それはそうだろう」

相場は、損をする者がいるから儲かる。新たなものを生み出しているわけではなかった。

「一時《いっとき》は値上がりしても、さらに上がると欲をかいて売り時を逃せば、損をすることになります」

もちろん正紀も、それは分かっていた。相場は、買いよりも売りの方が難しい。値上がりすればしたで、明日はもっと上がるのではないかと欲をかく。下がれば下がったで、明日には値が戻るのではないかと期待する。損切りができない者は、より大きな損失を抱える。

「損をした者は、その方を恨んでいるわけだな」

「はい、恨まれています。でもね、相場を張ったのは自分ですから」

房太郎は、売る時期を間違えたのは己の責だと考えている。他人の気持ちは意に介さない。

「この度の銭は、まだ上がります。これまでが安すぎました」

房太郎は様子を見て、さらに買い増すつもりだとか。

そして翌日も、銭の値は上がった。

「行けそうですね」

「嘘のようです」

町へ値を見に行ってきた杉尾と橋本が、興奮を隠せない様子で言った。

「一文でも二文でも、日々上がってゆくならば何よりです」

と口にしたのは井尻だ。いくら上がればどれほど儲かるかと、算盤《そろばん》を弾《はじ》いている。

この日、京の世話をする者として、栗原家の喜世が高岡藩邸へやって来た。佐名木の配慮だ。いきなり聞かされた植村にしてみれば、驚きだった。

とはいえ、親しく話ができるわけではない。大名屋敷では、表と奥は厳密に分けられている。

ただ同じ藩邸内に喜世がいると考えるだけで、植村の気持ちは穏やかではないものになった。奥向きで何をしているのか知るよしもないが、いつの間にか、そちらに耳を傾けてしまう。

昼下がりになった。植村は喜世がする買い物の供を命じられた。神田多町《かんだたちよう》の水菓子屋へ、京が食べたいという無花果《いちじく》を求めに行く。

「お腹にややができると、無性に食べたくなるものがあります」

喜世は買い物の内容を伝えた上で、そう言った。無花果は高価で、庶民の口にはなかなか入らない。

京もめったに食べないが、今回は特別なことだった。

商人を呼んでもよかったが、二つ三つの買い物なので、出向くことになったとか。二人で、筋違御門《すじかいごもん》に向かって歩き始める。

何か話そうと思ったが、植村には話が浮かばなかった。離別になった事情を尋ねたかったが、それはできない。

足音だけが響いた。それはちと辛かった。せっかくの機会だ。

「奥向きでの御用は、たいへんでしょうな」

ようやく問いかけができたのは、歩き始めてしばらくしてからだ。

「そんなことはありません。奥方様は、気遣ってくださいます」

「ならば重畳《ちようじよう》」

やっと思いついた言葉だが、それで終わってしまった。次をどうしようかと考えていると、喜世の方が、問いかけてきてくれた。

「お殿様とご一緒に、今尾藩から高岡藩に移られたのですね」

「はい」

「よほど深いご縁なのですね」

「それがしは粗忽《そこつ》で、今尾藩にいたときに大きなしくじりをいたしました。殿がお怒りになり、お手討ちも覚悟いたしておりましたが、正紀様のお口添えをいただきました」

「それで何事もなく済んだのですね」

「正紀様は、命の恩人です」

「なるほど。それにしても、どのようなしくじりを」

「いやそれは」

言いにくいが、思い切って言った。

「庭掃除の折に、殿が大切にしていた盆栽の鉢を落として割ってしもうたのです」

「まあ」

「大ぶりの鉢でしたが、たいした重さではあるまいと舐めておりました」

植村は、赤面して頭をかいた。まずいことを言ったかと後悔した。しかし喜世は、口元にわずかに笑みを浮かべた。

これは思いがけなかった。

「小さい頃から、同じ歳の子どもより大きかったのですか」

「ええ。力だけはありました」

自慢にはならないが、つい言った。剣術や泳ぎが駄目なことには触れない。

当たり障《さわ》りのない話をした。ただ喜世の方から問いかけをしてくれたのは、嬉しかった。こちらに関心を持ってくれている、と感じたからだ。

四

五人組の盗賊の指図役である破落戸ふうが、鮒吉という者だと分かったのは一歩前進だった。山野辺は昨日、鮒吉の行方を捜したが出会えなかった。

山野辺は今日も、東堀留川河岸へやって来た。

倉庫前の船着場では、人足《にんそく》たちが荷下ろしをおこなっている。威勢のいい掛け声が、あたりに響いていた。

鮒吉には、決まった住まいはない。知り合いのところへ泊まり込むこともあれば、賭場や女郎屋で過ごすこともあった。

仕事が済んだ、人足の一人に問いかけた。鮒吉のことは知っていた。もちろん、どこにいるかなどは分からない。親しくしている者について尋ねた。

「あいつとは、深く付き合うやつなんていませんぜ」

「なぜだ」

「そりゃあ、親しいようにしていても、てめえの利のためには、掌返《てのひらがえ》しのようなことをするからですよ」

ただ口はうまいから、利用しようとする者はいたらしかった。

「頼まれて、賭場に誘うようなこともしていました」

「なるほど」

「力や金のある相手には、尻尾を振るやつですよ」

人足は蔑《さげす》むような口調で吐き捨てる。

「ただあいつは、金が絡むと口が堅くなります」

という評だった。他の者からも、同じような話を聞いた。悪党にしたら、使いやすい者なのかもしれなかった。

一刻ほど東堀留川河岸を訊き回った。けれども鮒吉には辿り着けない。聞き込みの範囲を周辺の町まで広げた。

「ああ、見かけましたよ」

中年の日雇い大工が言った。だいぶ汗臭い。鮒吉から、賭場へ誘われたことがあるそうな。

「どこでだ」

「行徳《ぎょうとく》河岸の居酒屋です。二十代半ばの部屋住みとおぼしいお侍と、酒を飲んでいました」

「どんな様子だったのか」

「ちらと見ただけですから。でも楽しむというよりも、何か打ち合わせでもしているような」

「いつのことだ」

「今月の一日ですね」

指を折って数えてから口にした。

繰綿問屋へ押し込みがあった前日だ。背中がぞくりとした。

店の名を聞いて、行徳河岸へ行く。現れた女房に尋ねた。商いの時間ではないので、店はがらんとしていた。

「一日に、部屋住みの侍と破落戸ふうですか」

女房は考え込んだが、すぐに思い出した。

「来ましたね」

破落戸と部屋住みの組み合わせが珍しかったので覚えていた。部屋住みに荒《すさ》んだ気配がなかったので、おかしな取り合わせだと思ったそうな。

「口開けに来て、酔うほどは飲みませんでした」

四半刻ほどで引き上げた。話の内容は、店の者には分からない。

「ただ気になったことがありました」

「何か」

「破落戸の方が、お侍に指図をしている様子でした」

「武家と町人の立場が逆というわけだな」

「そうです」

代金は、破落戸の方が払った。

「翌日の段取りを話していたのだな」

と山野辺は考えた。渡部の話では、一番年嵩の侍が、川路屋では指図をしたとか。

それが、ここで話をしていた侍か。

互いに名を呼ぶことはなかったとか。

「侍について、何か気がついたことはないか」

「歳は、二十五、六くらいだったと思います」

侍はしきりに汗をかいて、寿《ことぶき》の文字と達磨《だるま》が描かれた古い扇子を使っていた。押し込みを前に、緊張したのか。

扇子は、広げたままにして腰の脇に置いていたので目についた。

「覚えている限り、その扇子の図柄について話してみよ」

他に侍に近づく手立てはなさそうだ。

「ずいぶん使ったんでしょうね。紙の色はだいぶ黄ばんで、端が破れていました」

それから山野辺は、顔見知りの扇子職人のところへ行った。何人かの職人を使って、手広くやっている親方だ。

女房から聞いた図柄について伝え、何か分からないかと問いかけたのである。

「うちじゃあ、拵《こしら》えていませんがね」

一瞥《いちべつ》して告げられた。何か分かればと思ったが、残念だった。

けれども親方は、奥へ行って四本の扇子を持ってきた。

「これは同業の者から貰ったものでしてね。この数年のものです」

見てみると、どれも同じような図柄だった。

そこで山野辺は、四本の扇子を持って行徳河岸の居酒屋へ行った。女房に見せた。

「これです。間違いありません」

女房は、そのうちの一本を選んだ。そこでまた山野辺は、扇子職人のもとへ戻った。

「これは芝宇田川町《しばうだがわ》の職人初蔵《はつぞう》という者が拵えたものです」

山野辺は、初蔵のもとへ行った。

「ええ。あたしが拵えました」

示した扇子を見て、初蔵は言った。

「どのようないわれの品か」

「四年前に、浜御殿《はまごてん》の御庭の修繕がありましてね。材木を納入した問屋が、そのときに御殿のお役人たちに配りました」

浜御殿は、江戸の海に面した将軍家の別邸だ。山野辺は入ったこともないが、壮麗な建物と庭があると聞いていた。

「どれほど拵えたのか」

「百本だったと思います」

それならば、捜せそうだった。

山野辺は扇子を持って、浜御殿の大手門の前に行った。出てくる侍を待って、「卒爾ながら」と声をかけた。

「覚えておるが、四年も前だからな。これを使う者は、今はめったに見ぬが」

開いて図柄を確かめた侍は言った。

「二十代半ばの部屋住みの者が、持っているはずだが」

「さて」

ますます分からない。

次に現れた侍に訊くと、使っている者がいると答えられた。しかしそれは、四十代の侍だった。

そして薄暗くなりかけた頃に現れた中間《ちゆうげん》に問いかけて、ようやくこれまでとは異なる反応を得られた。

「浜御殿添奉行《そえぶぎようさわはし》澤橋家のご次男が、使っていたように思いますが」

家禄百俵の御家で、宗次郎《そうじろう》という者だそうな。歳は二十代半ばだという。

「おおこれは」

屋敷は築地西本願寺《つきじにしほんがんじ》の裏手あたりだと聞いた。早速向かった。屋敷は辻番小屋の番人に訊いて、すぐに分かった。

まずは屋敷の周囲で、宗次郎について尋ねることにする。様子を見ていると、三軒先の屋敷から、初老の下男らしい者が出てきた。早速声をかけた。

澤橋宗次郎について問いかけた。

「いったいどなた様で」

「婿にという御家があって、内密に尋ねる次第だ」

これは、武家の次三男について聞き込みをするとき、よく使う手だ。婿の口を探す次三男はどこにでもいる。相手は信じたらしかった。

「次男坊が、もう二十六歳になった。婿の話はいろいろあったが、どれもうまくいかなかったと聞きましたが」

これまで、四つは聞いたとか。

「四つとなると、断られる側にしたら辛いな」

「このままでは、厄介叔父《やっかいおじ》になってしまうのではないかとの話です」

侍として、生涯身を立てられないという意味だ。

まず耳にしたのがこれだった。仲がよかった侍を聞いて、そこへも訊きに行った。その侍は跡取りだった。

「あやつは不運で、五つあった婿の口が、すべて駄目になった」

四つではなく、五つだった。

「だいぶめげておったが」

そして二十六にもなると、新たな婿入り話もなくなった。最後に聞いたのは半年前となる。跡取りの兄にはすでに嫁がいて、無事に男児が生まれたとか。

「最近は、顔を見たであろうか」

「十日ほど前に会ったが、近いうち、酒を奢《おご》ると言われた」

きわめて怪しいが、賊の一味とはまだ断定できない。澤橋の屋敷近くへ行った。様子を見ていると赤子を背負った十二、三歳の子守りらしい娘が出てきた。子守歌をうたっている。

怖がらせてはいけないので、山野辺は口調を柔らかくして問いかけた。

「宗次郎殿だが、九月二日の午後は、屋敷においでになっておられたか」

「道場へ稽古に行ったはずですが」

娘はわずかに考えるふうを見せてから答えた。

「そうか」

道場の場所を訊く。鉄砲洲《てつぽうず》にある道場だ。

早速行って、住み込みの門弟に会った。頭を下げて、九月二日の午後に澤橋が道場に顔を出したかどうか尋ねた。

「あの日は、来ていなかったが」

門弟は答えた。

五

その道場で、山野辺は澤橋についてさらに問いかけをした。

「澤橋殿の、剣術の腕前は」

「免許の腕でござる」

「熱心に稽古をしておいでなわけですな」

「しかしこの数か月は、どうも」

門弟は不満な様子だった。そしてはっとした顔になって問いかけてきた。

「あやつ、何かしたのでござろうか」

山野辺の腰に差さった十手に目を向けていた。

「いやいや、そういう話ではござらぬ」

ここでも、婿にどうかの調べだという形にした。

「さようか」

安堵した模様だった。山野辺は澤橋の人柄を訊いた。

「なかなかに義理堅い者でござる。一度決めたことを、違《たが》えたことはござらぬ」

悪くは言わなかった。澤橋には、婿の口がないことを知っているからか。

「破落戸ふうの者が、訪ねてくることはなかったでござろうか」

「そのような者が、来るわけがない」

問われたことさえ、不快らしかった。

「では澤橋殿について、尋ねてきた者は一人もなかったのでござろうか」

「いや、そうではござらぬ」

先月上旬に、主持ちの身なりのきちんとした侍が尋ねてきたと話した。二十代半ばの歳だった。

婿入りの話だと考えた門弟は、分かることは話した。家禄や家人のことなどもだ。

「おかしいな」

そこで山野辺は考えた。澤橋の入り婿の話は、半年前にあっただけで後はないと聞いている。山野辺も調べをする際には、都合のよいことを口にした。

「その侍は、どうなのか」

ということだった。近づいてきたのは、身なりのちゃんとした二十代半ばの侍だった。

山野辺は思いついた。そういう侍は、前にも調べの中で出てきた。

「すでに捕らえている渡部に近づいた者と、同じ人物か」

とはいえ、澤橋について訊く侍が現れたのは先月の上旬だった。渡部とは違う。

「いや、そうではない」

と声になった。

「渡部は川路屋が初仕事だが、澤橋は一月《ひとつき》前の米問屋南部屋のときも加わっていたのではないか」

そう考えれば、辻褄《つじつま》が合う。

とはいえ二十代半ばの侍は、道場で澤橋の剣の腕前と人となりについて尋ねただけだ。考えが飛躍しすぎているとも感じるが、捨て切れない。

「あの侍が持ってきた婿の口は、うまくいかなかったようだな」

門弟が言った。しかし澤橋には、半年前に話があったきりだと親しくしていた者は言っていた。澤橋家には伝わっていなかったのか、それとも山野辺と同様、調べる口実にしたのか。

「ならば、何のために調べたのか」

身なりのきちんとした二十代半ばの侍は、押し込みに加わる者を物色していたのではないかという疑問が湧いた。

「ありそうな展開ではないか」

山野辺は胸の内で呟いた。その侍は目をつけた若侍を、一刻半で五両が稼げると話して釣り上げる。そして指図役の鮒吉に渡したという見込みだ。

「訪ねてきた侍の名は、何と」

門弟に尋ねた。

「さあ。何か言っていた気がするが、思い出せぬ」

それは残念だった。がっかりしたが、門弟は続けた。

「話していたところへ、ちょうど澤橋が稽古にやって来た」

「ほう、それで」

「二人で出ていった」

初めて会ったのではないらしかったが、親しい様子にも見えなかった。ただ侍が誘うと、澤橋は断らなかった。

「その辺で、酒でも飲みながら話したのやもしれぬ」

「飲みながらでござるか」

「いかにも。その後、澤橋は稽古に来なかった」

飲んだから稽古に来られないという理屈だ。近くには、昼間でも酒が飲める煮売り酒屋があるとか。

　そこで山野辺は、教えられた煮売り酒屋へ行った。敷居を跨《また》ぐと、できたばかりらしい、煮付けのにおいが鼻を衝いてきた。

　一月《ひとつき》前のことだ、覚えていないだろうと思ったが、店の女房は覚えていた。道場の門弟が、たまに稽古の後に飲みに来るそうな。澤橋はその中の一人で、馴染みだった。

「澤橋さまがお武家さまと見えて、二人で四半刻ほど飲みました」

　ひそひそ話で、他にも声が大きくてお喋《しゃべ》りな客が来ていて、話の中身までは聞き取れなかった。

「澤橋さまだけが、先に帰りました」

「相手は、一人で飲んだのか」

「そうではありません」

　すぐに目つきの悪い町人が入ってきた。二人は飲みながら、やはり四半刻ほど話をした。

「ちょっと、怖い感じでした」

「名を呼び合わなかったか」

「ええ。それは聞きました」

一人はフナで、侍の方もちゃんと覚えていた。

「玉坂という名でした」

「よく覚えていたな」

「だって、うちで飼っている猫と同じですから」

タマという猫らしい。この後山野辺は、屋敷を張って外出する澤橋の顔を確かめた。

この頃江戸の町では、隠居を襲い押し込みをした賊について、怒りと怖れが大きくなっていた。特に商家では、自分の店がいつ襲われるのかと、怯えているようだ。白昼堂々の押し込みである。しかも屈強そうな、複数の侍による犯行だ。川路屋では人も殺していた。

二か月続けて起こった凶悪事件だ。

「野放しにしたまま、まだ一人しか捕らえられていない」

「町奉行所は何をしているのか」

といった声が上がり、町の者たちから不満が出始めていた。

六

高岡藩が五十両分の銭を買った翌々日、この日は朝から雨が降っていた。どきりとするくらい、冷たい雨だった。

正紀は、庭に咲いている菊の花に目をやりながら、季節の移ろいを感じた。雨に濡れた菊は、晴れの日に見るのとは趣《おもむき》が違う。何やら憂いを帯びた印象だ。

杉尾と橋本は、毎日町へ出て高岡河岸を使う商家探しをしていたが、そのついでに銭の値を確かめてきていた。この日は正紀でなくてはならない用事を早々に済ませて、三人で屋敷を出た。

雨が降っていることは気にしなかった。

京の腹痛はすっかり治まったが、またいつ何があるか分からない。不安が消えたわけではなかった。

「もう少しの辛抱だ」

京にも不安があるらしい。正紀は力づけた。

喜世が傍についている。昨日屋敷に来たばかりだが、京と気心を通じ合ったらしかった。

「あの者は、私の気持ちのくすみを吸い取ってくれます」

京の腹痛は、心の屈託《くったく》があったからだと見ている。その憂いを、少しでも取り除いてくれたのならばありがたい。

「それは重畳《ちょうじょう》だ」

お産については、男の正紀には理解しにくいことがある。京の屈託をすくい取れるのは、喜世の人柄のせいか。

「離別となった家では、苦労をしたようです」

喜世は多くは語らないらしいが、京にはそれが伝わってくると言った。とはいっても、京は無理に問いかけるようなことはしない。

「添うことになったら、植村のよい伴侶《はんりょ》となりましょう」

ただ喜世本人は、再婚に積極的ではない模様だった。理由は、分からない。京も問い詰めるつもりはないようだ。

「一度嫁《か》して、しくじったからであろうか」

「さあ、どうでしょう」

植村は喜世に関心があるように見えるが、「ぜひに」という態度ではない。

「晩熟《おくて》だからでありましょうか」

佐名木は言ったが、植村には植村のこだわりがあるらしかった。

「慌てることはないだろう」

正紀は、そう考えた。

「ところで、江戸の町は、穏やかではないようだぞ」

正紀は、二度あった白昼の押し込みの件が、まだ解決していないことを京に伝えた。押し込みの一味がまだ一人しか捕らえられていないことについて、江戸の町では怯えと、まだ捕らえられない町奉行所に対する不満が出てきている。杉尾や橋本から報告を受けていた。

そこで正紀は、源之助と植村を山野辺の手伝いに行かせることにした。常の押し込みとは違う。不可解な点があって、気になっていた。

そして正紀自身は、杉尾と橋本を伴って、日本橋界隈《かいわい》に出て両替屋の店頭を覗いた。

「おお。今日は一両が四千二百六十四文となっておりますぞ」

橋本が、嬉しそうに声を上げた。少しずつだが、連日銭は値を上げている。

「五十両ですから、何もしないで、たった二日で千五十文の利となります」

と続けた。

「さすが房太郎殿の目は、確かですな」

杉尾も言った。麦の相場で、高岡藩の危急が救われた話は耳にしている様子だった。

「このままいったら、どこまで上がるのでしょう」

橋本は興奮を隠せない。

「うむ」

正紀は考えた。房太郎の目を疑ってはいない。しかしこれは、稲の豊作を前提にしている。

もし刈り入れ前の田を野分が襲ったら、どうなるか。

あと数日は、慎重に様子を見なくてはならなかった。相場を張る者は、同じ気持ちだろう。今の段階での、ぬか喜びは禁物だった。

何かあったら、速《すみ》やかに手放さなくてはならない。

それから正紀らは、熊井屋にも寄った。

前は出向いて客に巡り会うことが少なかったが、先日も今日も客がいた。今日は複数で、様子を見ていると、扱う額の多寡《たか》はいろいろだ。銭を銀貨に、銀貨を小判に替える者がいる。

「いつもお使いいただき、ありがとうございます」

無愛想《ぶあいそう》だった房太郎も、前とは違う。お愛想《あいそ》の一つも、言えるようになっていた。

「あやつ、相場だけでなく、本業にも腰を入れてきたようだな」

「ええ。すぐではありませんが、私も隠居をして、代替わりをしようと考えています」

前におてつからも聞いたが、房右衛門の口からも聞いた。

昨年末あたりに、そういう話をしたそうな。それで徐々に変わってきた。おてつも喜んでいる。

「嫁を取ろうと思っているんですけどね。うまくいきません」

房太郎は前に、界隈一の器量よしと言われた娘に騙されて、痛い目に遭ったことがある。以来、女子《おなご》に懲《こ》りたのか、怖いと思ったのか、それは分からない。関心を示さなくなった。

客の中で、四十数両分の小判を銀や銭に替える大店の番頭ふうがいた。三十代半ばの歳の者だ。

探るつもりはなかったが、狭い店の中だから、やり取りは耳に入った。房太郎は当たり前のような顔で銭と小判を数えて、対応している。

熊井屋には、客の求めに応じられるだけの金子が用意されているのだと、正紀は考えた。目の前の金子は、その一部なのだろう。

そういえば帳場の奥には、錠前のかかる大きな金箱《かねばこ》が置いてある。いくら入っているかなど考えたこともなかったが、商いのもとになる金子が入っているのだと思われた。

房太郎の手によって両替された金子は、番頭ふうの手によって巾着に入れられた。さらに小振りな風呂敷に包まれた。三十歳前後の用心棒の浪人を連れていたが、番頭は風呂敷包みを自分で抱えた。ずっしりと重そうだ。

「またお願いしますよ」

「こちらこそ」

房太郎は愛想よく言って、番頭と用心棒を見送った。用心棒は、鋭い眼差しを一瞬正紀らに向けた。大金を守る用心棒からすれば、こちらは得体の知れない侍だったのかもしれない。

「数十両ものやり取りというのは、よくあることなのか」

「ええ。あのくらいは、朝飯前ですよ」

正紀の言葉に、房太郎は胸を張って答えた。

「あの方は、日本橋堀留《ほりどめ》町二丁目で黒須《くろす》屋を屋号とする金貸しの番頭久萬吉《くまきち》さんです」

主人は砂蔵《すなぞう》で、あの用心棒は市城威三郎《いちきいさぶろう》というのだそうな。

「困った者たちを、泣かせている者たちだな」

正紀は少々意地悪く言ってみた。

「さあ、どうでしょうか。でも私にはどうでもいいことです。両替に来て、そのお代を払っていただければ、大のお得意様です」

人を泣かせた金かどうかは、関係ないと言っている。房太郎らしかった。

「銭は、まだ上がります」

関八州での稲の刈り入れは、だいぶ進んでいる。問題はないという見方だった。

七

正紀から命じられた源之助は、植村と共に北町奉行所に出向いた。傘を差して、水溜まりを避けてゆく。それでも、道々話はできた。

源之助は、佐名木から聞いた喜世に関する話をした。

「喜世殿は、奥方様のお世話をよくなさっているようです」

「それは何よりです」

「一度赤子を産んでいますからね。気づくことが多いのでしょう」

「腹を痛めた子を、婚家に残してきたということですが」

「そのことについては、何も言わぬそうで」

「言えないのでしょうな」

植村はあっさり返した。とはいえ、軽いことと捉《とら》えているのではなさそうだ。

「心のしこりになっているならば、簡単には口にできないのではないでしょうか」

と続けた。そうだろうなと、源之助も思った。話をしていると、いつの間にか、北町奉行所に着いた。

訪問は伝えてあったので、山野辺は待っていた。向かい合って、ここまでの調べの詳細を聞いた。澤橋と玉坂に関することだ。

「澤橋は川路屋を襲った者として、捕らえることができるが、一月《ひとつき》前の南部屋の件にも関わっているならば、そこも絡めて捕らえたい」

ただ玉坂については、皆目《かいもく》見当がつかないと山野辺は言った。

「ちと、お待ちください」

源之助が言った。どこかで耳にした名だと思ったからだ。そう前のことではない。

「殿と熊井屋へ行った折に、櫛淵内記なる旗本とその用人の二人に会いました」

「ほう」

「その玉坂も、歳は二十代半ばでした」

　顔も思い出した。

　玉坂という苗字《みようじ》は、そう多くはない。とはいえ断定はできないだろう。ただ当ってみる価値はありそうだ。

　旗本武鑑《はたもとぶかん》で、櫛淵内記について検《あらた》めた。四十九歳で家禄千石、御使番を務める旗本である。跡取りはいたが、実子ではなく婿だった。実子の跡取りもいたが、数年前に亡くしている。

　ともあれ三人で、駿河台の櫛淵屋敷へ行った。間口三十間（約五十四メートル）、門番所付きの長屋門だ。

　近くの辻番小屋の番人の老人に、源之助が問いかけた。

「櫛淵家に玉坂という家臣がいると思うが、存じておろうか」

「あの家の譜代の用人ですね」
　三、四年前に父親が亡くなった。押し込みのあった九月二日と八月十日に、玉坂は屋敷にいたかどうか訊いたが、それは覚えていなかった。破落戸が訪ねてくるのも見たことはなかった。

ただ用人という役目柄、殿様の供だけでなく、一人でもよく出かけると言った。行き先など分からないが、夜酔って帰ることはあった。源之助と植村は、玉坂の動きを探るため、二人で見張ることにした。

山野辺には、鮒吉を当たってもらう。

植村と二人になって一刻ほど待つと、身なりのきちんとした二十代半ばの歳の侍が出てきた。源之助は念のため、その侍が玉坂であることを、辻番小屋の番人に確かめた。

そのままつけてゆく。

出向いた先は、麹町《こうじまち》の旗本屋敷だった。櫛淵屋敷と同じような規模の長屋門だ。ここにいたのは四半刻ほどで、まだ駿河台の屋敷に帰る気配はなかった。四谷大通りへ出た。

旅人や荷車だけでなく、馬上の侍もいた。荷運びの人足たちは、言動が荒っぽい。泥水を撥ね飛ばした。

玉坂は、用があるという歩き方ではなく、傘を差してそぞろ歩きといった様子だった。

「おおい、若侍同士の喧嘩《けんか》だぞ」

「そりゃあ、おもしれえ」

声が上がって、ぱらぱらと人足や居合わせた者たちが駆けてゆく。確かにその先に人だかりがあった。

玉坂も、それに近づいてゆく。

「肩がぶつかったのは、そちらの不注意であろう」

「だからどうした」
六、七人同士の二組の若侍が、睨み合っている。雨に濡れるが、そんなことは気にしない。どちらも部屋住みの侍らしく、かっかとしていた。腰の刀に、手を添えている者もいた。
肩がぶつかったが、どちらが悪いか、そんなことで揉めている。暇を持て余している連中だ。

「やっちまえ」

面白がって声を上げる野次馬《やじうま》がいた。傘を差していない者も去りがたいらしく、じっと見ている。

煽《あお》る者はいても、止める者はいない。源之助には、若侍たちは、引っ込みがつかなくなっているようにも感じられた。玉坂はどうしているかと見ると、にやにやしながら眺めている。

「わっ」

喚声《かんせい》が上がった。痺《しび》れを切らせた侍の一人が、刀を抜いていた。他の者もそれに続いた。

こうなると、怪我人が出るかもしれない。野次馬は喧嘩の場から離れた。けれどもそこへ、町の若い衆たちが十名以上、突棒《つくぼう》や刺股《さすまた》、梯子《はしご》などを持って駆け寄ってきた。先頭にいるのは、十手を手にした土地の岡っ引きらしかった。

「引けっ」

若侍のうちの誰かが叫んだ。すると争っていた者たちは、ばらばらになってその場から逃げ出した。直参や藩士の子弟ならば、捕らえられれば家名を明かさなくてはならない。それを嫌がったのだと思われた。

源之助は、逃げてゆく侍たちではなく、玉坂の動きを目で追っていた。玉坂は騒ぎを見物していただけだが、すぐに走り始めた。

源之助はその後を追った。植村も玉坂を気にしていたらしく、後に続いた。

玉坂が追っていたのは、片方の組の中心人物と見られる若侍だった。しばらくしたところで、声をかけた。

若侍は身構えたが、玉坂はにこやかな様子で何か言いながら近づいた。捕り方ではないと察したらしく、軒下へ移った。若侍は話を聞く姿勢を取った。

少しばかり話をしてから二人は別れた。

立ち去ってゆく玉坂を、植村がつけた。源之助は若侍に声をかけた。

「ちと、お尋ねいたしたい」

下手《したて》に出た物言いにしている。

「何か」

若侍は、煩《わずら》わしそうな顔を向けた。

「今の侍は、存じ寄りの方であろうか」

「いや、初めてだ。向こうから声をかけてきた」

「いったい何と」

よければ話してほしいと頼んだ。

「一刻半ばかりで、金になる仕事をせぬかと言ってきた」

具体的なことは、何も口にしない。酒でも飲んで話したいという申し出だったという。

「それでどうなされたか」

「金子はいかほどかと訊いた」

それは当然だろう。暇はあるに違いない。

「それでいかほどと」

「五両だと言いやがった」

予想通りの金高だ。

「いかがなされるのか」

「やるわけがなかろう。一刻半で五両の仕事など、手が後ろに回る話に違いない」

喧嘩っ早い乱暴者に見えたが、意外にまともだった。

「話に乗るのは、よほど金に困っているか、追いつめられている者ではないか」

と若侍は付け足した。

「ご無礼いたした」

源之助はそれから、玉坂が歩いて行った方向へ走った。するとずいぶん先に、植村の大柄な体が見えた。

追いついて、今耳にしたことを伝えた。

「押し込みに加担する者を探しているようですね」

話を聞いた植村が言った。

「となるとこの件に、千石の旗本も噛んでいるのでしょうか」

源之助が真っ先に考えたのはそれだ。見当もつかない。玉坂の後ろ姿を見つめた。用もなく、雨の中ぶらぶら歩きをしているようにしか見えないが、何かの目当てがあるのは間違いなかった。

玉坂はしばらく町をぶらついて、一軒の剣術の町道場の前で足を止め、連子窓《れんじまど》から中を覗いた。しかしそれだけのことだった。そのまま屋敷に戻った。

源之助と植村も、高岡藩上屋敷に帰った。

二人は見てきたことを、正紀と佐名木に伝えた。

「旗本櫛淵内記とは何者か」

正紀も佐名木も、武鑑で読んだこと以上は知らなかった。そこで正紀は、兄の睦群を訪ねた。櫛淵について分かることを教えてもらうためだ。

半刻ほど待たされてから、面談ができた。訪問の意図を話し、江戸を騒がす押し込みの黒幕かどうか、疑っていると言い添えた。

睦群は、尾張徳川家の付家老《つけがろう》をしていた。藩主宗睦のもとへは、様々な情報が入ってくる。訪問客も多かった。睦群の耳には、幕閣の動きだけでなく、大名旗本家の出来事についても情報が入ってくる。

御使番としての櫛淵を知っていた。

「尾張屋敷へは、何度も顔を見せているぞ」

睦群は言った。縁戚に大身旗本家がいくつかあり、有能な者だという。

「どのような御仁でしょうか」

「出世欲が強く猟官《りょうかん》に励んでいる。二千石高の新御番頭《しんごばんがしら》あたりを狙っているのではないか」

各所に賂《まいない》を贈っているという噂《うわさ》がある。定信にも近寄ろうとしているらしい。

「ではそのために、金子が欲しいわけですね」

「まあ、いくらでも欲しいであろう」

櫛淵は男子がなく娘が婿を取ったが、初めから跡取りがいなかったわけではなかった。十九歳になる跡取りがいたが、七年前に卑怯な小旗本《こはたもと》の無謀な次男坊が引き起こした喧嘩騒ぎに巻き込まれて、あっけなく命を落としたとか。

睦群の話を聞くと、櫛淵は押し込み騒ぎに一枚嚙んでいる気がした。玉坂が、勝手にしていることとは考えづらい。

「跡取りを小旗本の無謀な次三男のために失っていたら、その手の者には恨みがあるのではないか」

「そうですね」

櫛淵が黒幕かどうかはまだ不明だが、過去にそういう出来事があったら、若侍を使い捨てるのは胸がすくかもしれない。

そうなると、二度にわたっておこなわれた押し込みは、単なる盗賊による仕業《しわざ》とは別のものになる。

「櫛淵はしぶといやつだ。当たるならば、充分な証拠を固めてからにしろ」

と、正紀は睦群に忠告された。

第三章　両替屋の客

一

源之助と植村の二人から別れた山野辺は、傘を手に東堀留川河岸へ出た。川面《かわも》が雨で、あばたになっている。

濡れてもいい荷を積んだ舟が、行き過ぎてゆく。

このあたりは鮒吉の地元だから、そろそろ姿を現すのではないかと考えた。どこかで顔を見たという者がいるかもしれない、そんな気持ちだ。

木戸番の番人などに尋ねた。来るたびに声をかけている。

すると今日になって、江戸橋《えどばし》広小路の茶店にいるのを見たと言う浅蜊《あさり》の振り売りが現れた。浅蜊は濡れてもいい品だから、今日も商いをしていた。

「若いお侍と一緒でした」

ほんの四半刻前だという。

「押し込みの仲間か」

五人の押し込みのうち、捕らえられたのは一人だけだ。賊たちは、川路屋と南部屋だけで満足するとは考えていない。

「侍も仲間にいて、荒稼ぎをしているわけだから、またどこかを襲うに違いないぞ」

これが山野辺の見込みだ。教えられた茶店へ行ったが、すでにそこには破落戸《ごろつき》ふうも若い侍もいなかった。

「今までここで、侍と破落戸ふうが話していたはずだが」

「ええ、今しがた出ていきました」

日本橋の方向へ歩いて行ったとか。雨でも、傘を差して歩いている者はそれなりにいる。破落戸ふうも歩いていた。

「破落戸ふうは、どのような身なりだったのか」

山野辺は、鮒吉の顔を知らない。

「髷《まげ》は散らしていて、柿渋《かきしぶ》の子持ち縞の着物を着ていました」

「よし」

これは聞いていた。ともあれその着物の色柄を目当てに、追いかけてみることにした。

「おおっ」

日本橋南の菊花壇の前を歩いて行く破落戸ふうが、捜している鮒吉の身なりと重なった。

「違うならば、それでもいい」

と考えて、男の後をつけた。通町《とおりちょう》の広い道を、京橋方面に向かって歩いて行く。すると書画の道具を売る店の前で立ち止まり、中に入った。

「はて」

書画など、破落戸には似合わない。中を覗くと、男は絵筆二本と絵具を買った。それを持って、また歩き始めた。

汐留川《しおどめ》を渡ると、右折して西へ向かった。

辿り着いた場所は、赤坂溜池端《あかさかためいけばた》の常陸牛久《ひたちうしく》藩一万石山口《やまぐち》家上屋敷の前だった。

「これは」

立ち止まっただけでなく、門番所に近づいたのは意外だった。

男は門番に頭を下げて、何か言った。小銭を渡している。誰かの呼び出しを頼んだのだと察せられた。

山野辺は固唾《かたず》を呑んで、誰が出てくるかと見つめた。

現れたのは、歳の頃十八、九の部屋住みふうの者だった。賢そうな面持ちの者に見えた。

男は、現れた侍に何か言い、画《え》の道具を与えた。侍は、嬉しそうではないが受け取った。そしてすぐに、逃げるように屋敷の中に入った。

破落戸ふうは、ふてぶてし気な笑いを浮かべると、門前から離れた。山野辺は、さらにこれをつけてゆく。

行った先は、駿河台の櫛淵の屋敷だった。柿渋の縞の着物の破落戸が鮒吉だと、山野辺は確信した。

それから山野辺は、牛久藩上屋敷へ戻った。そして門番に、銭を与え問いかけた。

「先ほど柿渋の縞の着物を着た町人が、若侍を呼び出した。その若侍は、どなただったのであろうか」

「川谷宇之助《かわたにうのすけ》殿だ」

家禄五十石江戸詰め家臣の四男坊だという。さらに訊いた。

「川谷殿は、今月の二日午後に屋敷を出ていたであろうか」

「待たれよ」

藩士とその家族の出入りは、記録をしているという。銭を与えたのは、幸いだった。

「ああ、出ておるな。夕刻前に戻ってきた」

「かたじけない。その折、変わった様子は」

「さあ」

顔色がよくなかったような気もすると続けた。とんでもないことをしてきた後ならば、当然かもしれない。

川谷宇之助が、盗賊の一人として浮上した。

門番と別れた後で、山野辺は門からやや離れたところで様子を窺《うかが》った。日頃高積見廻りは、雨の中で見張りなどしない。傘を差して立っているのは楽ではなかった。

半刻ほどして、初老の侍が出てきた。身なりからして下士だ。山野辺はほっとした思いで、「卒爾《そつじ》ながら」と問いかけをした。丁寧に頭を下げた。

川谷宇之助の暮らしぶりについて訊いた。

「あの者は、剣術もやるが、画もなかなかの腕でな」

「なるほど」

「ただ画を描く道具は金子がかかる」

「好きなことを続けるのも、難渋《なんじゅう》するわけですな」

武門では、画は遊びという見方がある。四男坊の道楽に、金はかけられないだろう。

「まあ、仕方のないことでござる」

「四男ならば、婿に出なくてはならない兄がいるわけですな」

「さよう。跡取りの他に、婿の口が決まらぬ兄が二人いる」

「それも気が重いことでしょう」

婿の話があっても、まずはそちらへ行く。

「まことに」

画の道でも婿の口でも、先が見通せない。

「鮒吉らの誘いに乗ったということか」

山野辺は胸の内で呟いた。ただ明らかな証拠はないので、決めつけることはできない。

高岡藩邸へ行って、源之助と植村の調べの結果について聞くことにした。

二

正紀が今尾藩邸から戻ってくると、すでに山野辺が姿を見せていた。山野辺は源之助と植村から、櫛淵の話を聞いていた。

「玉坂は若侍を集め、鮒吉が押し込みに関する指図をしたことになる」

山野辺は言った。正紀は、睦群から聞いた櫛淵について耳にした話を伝えた。この場には、佐名木も同席していた。

「櫛淵が、悪事の親玉というのはありそうですね」

源之助が腹立たし気に言い、植村が大きく頷いた。

「旗本家の玉坂と町の破落戸でしかない鮒吉が、どこでどう繋がったかは気になるところだ」

尋常ではありえないと、正紀は思う。

「他にも、まだ姿を現さない者がいるかもしれぬ」

正紀の考えだ。佐名木が頷いた。

それから一同は、山野辺の調べの結果を聞いた。

「川谷宇之助は、一味の一人に違いありませんね」

「画も描けず、婿の口もない。自棄《やけ》になったとしてもおかしくありませぬ」

源之助と植村が続けた。

「鮒吉が川谷に画材を与えたとなると、次の押し込みにも使うつもりでしょうな」

佐名木が言った。

「それは、止めねばなるまい」

正紀の言葉は、襲われる者を守るだけではない。

「すでに捕らえた渡部は別として、まだ捕らえていない澤橋や川谷のような者に、罪を重ねさせてはなりませぬ」

「玉坂は、新たな賊の仲間を探しているようだからな」

植村の言葉に、佐名木が続けた。植村は近頃、思いつきではなく、考えてからものを言うようになった。これは喜世の影響か。

京の命で、二人で買い物に行った話は聞いている。

「直参だけでなく、大名家の家臣にも手を出しているわけですね」

源之助はため息を吐《つ》いた。

「そのような罪人が出たら、大名家や旗本家では、一大事でしょうな」

と佐名木。それで正紀の頭に浮かんだのは、牛久藩山口家のことだった。当代藩主弘致《ひろむね》はまだ十一歳で、江戸家老の天野雄得《あまのゆうとく》が藩政の実務に当たっていた。幼君を支えての藩政は、気苦労も多いだろう。

定信派でも尾張一門に与《くみ》する者でもない。

敵ではないということだ。

正紀は、天野とは尾張藩上屋敷で二度会ったことがあり、挨拶をした。知らない相手ではなかった。

天野の耳に、入れておくことにした。幼君を抱いて、奮闘している。そんな中で不祥事が起これば、「藩は何をしているのか」という話になる。

翌朝は雨が止《や》んでいた。晴天の秋空だ。しかし風は雨が降る前よりも冷たく感じて、秋が深まった印象だった。

正紀と山野辺は、源之助と植村を供にして赤坂溜池端の牛久藩上屋敷に江戸家老天野を訪ねた。

「睦群様には、お世話になっております」

天野は、会うと早々に兄のことを話題にした。正紀を尾張一門の大名として対応していると伝えていた。

挨拶を済ませた正紀は、早速、繰綿問屋川路屋襲撃について、藩士の四男が下手人の一人として浮かび上がったという、これまでの調べの詳細を伝えた。

「確たる証はないが、きわめて怪しいということでございますな」

天野の顔に驚きが浮かんだが、それを抑えた調子で口にした。状況からすれば、押し込みの一人と考えて間違いない。だからこそ、やって来た。

「いかにも」

川谷についてどうするかは、天野に任せるつもりだった。何もしないならば、こちらのやりたいようにする。

「よく、お伝えくだされた」

天野は、深く頭を下げた。こちらが、いい加減な気持ちで来たのでないのは感じたらしかった。

しばらく考える様子を見せてから口を開いた。

「川谷家は家禄五十石とはいえ譜代の家でしてな、先の代では重い役目を果たした者もありました」

一万石の小藩では、家禄五十石でも軽輩とはいえない。高岡藩でも同様だ。

「いかがいたされるか」

「宇之助の父と共に、糺《ただ》してみまする」

「ならば待たせていただきたい」

結果次第で、どう動くか決めなくてはならない。藩が下した結果は尊重するが、供述内容は聞いておきたかった。

「承知いたした」

天野は、いったん部屋を後にした。

三

正紀は、じりじりした気持ちで待った。とはいえ、牛久藩にしても川谷家にしても、思いがけない出来事だったのは間違いない。

その対処には、苦慮することだろう。

一刻半ほどの間があって、天野と五十歳近い侍が現れた。宇之助の父だと天野が紹介した。謹厳実直といった風貌《ふうぼう》の、初老の藩士だ。

どちらも疲れた様子だった。

「川路屋への押し込みに加わったこと、白状いたしました」

重い口ぶりで、天野は言った。初めは否認をした。しかし部屋の宇之助の行李《こうり》を検めると、五枚の小判が出てきた。

「驚き申した」

そのような大金を持っているわけがない。大名とはいっても、一万石の小所帯だ。一両が、どれほどの高額か藩士ならば誰でも分かる。

「出どころを尋ねたが、答えられなかった」

部屋住みの者ならば、思いつきもしないだろう。そうなると、自白をしないわけにはいかなかった。

天野の声には、無念そうな響きがあった。宇之助の父親は俯《うつむ》いたまま、膝の上で握りしめた拳を震わせている。それでも小さな声で語り始めた。

「先月の下旬に、三十歳前後の浪人者から声をかけられたそうな」

「主持《しゅうも》ちの侍ではないのですな」

「いかにも」

そうなると、玉坂ではない。浪人者は名乗らなかったが、宇之助の画のことや剣術の腕前なども知っていた。

「初対面の折に、上質の絵筆を寄こしたそうな。欲しかった品でもあり、好意的な様子だったので受け取ってしまったとか」

愚かなやつだと、吐き捨てるように父親は言った。それは紛《まぎ》れもない真実の気持ちだろう。

公《おおやけ》になれば、本人だけでなく川谷家もただでは済まない。

浪人者は、玉坂と同じ役割をしていた。そして荒んだ気配の町人者が現れた。これも名乗らなかったが、柿渋の子持ち縞の着物を身に着けていたとか。鮒吉であることは間違いなかった。

一刻半で五両というのはまともな仕事ではないと考えたが、先行きを考えると不安で苛《いら》立《だ》っていたときだから、話に乗ってしまった。

「魔が差したのであろう」

父親は、倅《せがれ》の気持ちがまるで分からないわけではないらしかった。

「仲間の四人については」

「押し込みの場に向かう舟に乗る直前に、顔を合わせたと申しました」

「知らない者ばかり、というわけですな」

「さよう」

すでに捕らえた渡部と同じ供述だった。

「昨日画具《がぐ》を受け取ったのは、次の押し込みに誘われていたわけですな」

「そういうことでござった」

「宇之助は、やるつもりだったわけで」

「いかにも。脅されたようで」

「脅された」

父親の意外な言葉に、正紀と山野辺は、顔を見合わせた。

「素性を調べられていた。画材をくれたり親し気な口調だったりしたが、抜けたいと告げると態度が変わったそうな」

さんざんいろいろな品を受け取っておいて、それで済むか。企《たくら》みがあったからだとして、藩に知らせると告げられた。

「そこで倅は慌てたらしい」

己だけのことではないと、気がついたのだ。そうなると、腹を切るだけでは済まない。

「悪党らしいやり口だな」

山野辺の口から、怒りの言葉が漏れた。気づかれぬままに外堀を埋めてから近寄っている。

「それで、どこに押し入ると」

「まだ、それは言わなかったそうな」

またしても押し込む直前、集まった場所で指図されるという話だ。どこへ行くのか、集まる人数も不明だ。

声をかけてきた浪人者や指図をした鮒吉の向こうにいる黒幕についても、何も知らされない。ただ五両を受け取ればそれでいい者には、どうでもいいことかもしれなかった。

「して、ご処分は」

正紀は尋ねた。

「腹を切らせ申した」

声を絞《しぼ》り出すようにして、宇之助の父が言った。

「それは」

魂消《たまげ》た。聞く限り、処分は済んだと受け取れた。いずれは避けられないと考えていたが、あまりにも早い始末だった。

「何であろうとも、許せぬことでござる」

武士《もののふ》にあるまじき行為、とも口にした。天野も宇之助の父親も、ことの重さを認識していた。それはそうだが、気持ちの整理はできたのか。

できるわけがない。藩としての始末はできても、父親としての気持ちは治まるまい。

考えもしなかったことだ。事実を突きつけられて、慌てたことだろう。

それでも一刻半の間に腹切りまで済ませたのは、私情を捨てたからだ。理屈で考えれば、ことを収める手立ては、他にない。

小藩の、微禄の家臣の無念の気持ちだ。

部屋へ戻ってきた二人から滲《にじ》み出てきた疲れの気配があったのは、それが原因だと察せられた。

私情を殺して、ことを進めたのだ。

「そこで相談でござるが。ぜひにもお聞き入れ願いたい」

天野が頭を下げた。宇之助の父も、同じように頭を下げている。神妙な物腰だ。不本意な形で倅を亡くした。その無念が、目顔《めがお》から伝わってきた。

「どのような」

「宇之助については、九月一日に川谷家から久離《きゆうり》としていた形にいたしたい」

天野は、声を絞り出すようにして告げていた。目に涙の膜ができている。

「それは」

と口にしてから、正紀は言葉を呑んだ。犯行のあった前日に、縁を切っていたことになる。

「ううむ」

山野辺は困惑している様子だ。牛久藩はこの件には関わりがない、とする話だからだ。しかも宇之助の父親は、それを受け入れている。

「遺体については堀際の大溜《おおたまり》の傍《そば》に、当家の者が置き申す」

その遺体の脇には、受け取っていた五両とこれを置くと書状を出した。

『拙者、川路屋を襲いたる者の一人なり　罪を悔いて腹を切りたり』

正紀は、文字を目で追った。書状にはそれだけが記されていて、宇之助の署名があった。腹を切る前に書かせたのだ。文字に明らかな乱れがあった。

宇之助は、いったいどのような思いでこれを書いたのか。正紀は胸が詰まった。

「ご承知、いただけぬであろうか」

正紀と山野辺は、事実を知っているから喋ることは可能だ。しかしそれをされては、牛久藩は困る。

天野は、内々に処理をしたいと願っていた。

しかし大名と町奉行所与力の証言があるとなると、それはできなくなる。だから頭を下げていた。

「お受け入れいただければ当家は、正紀様と山野辺殿に恩義を受けたこととして、今後のお付き合いをさせていただきまする」

「…………」

天野と宇之助の父親は、再び低頭《ていとう》した。

正紀と山野辺は、もう一度顔を見合わせた。受け入れることに、抵抗がないわけではない。人の命が、大名家の面目《めんぼく》のために切り捨てられた。

とはいえ天野の牛久藩の面目を守りたい気持ちは、理解できた。牛久藩も、一石でも減封《げんぽう》があれば大名ではなくなる。

またすでに切腹という形で、罰してもいた。

「そういたそう」

山野辺と頷き合ったところで、正紀は答えた。

四

正紀は、山野辺と共に牛久藩上屋敷を出た。盗賊五人のうちのもう一人が明らかになったわけだが、気持ちは晴れない。

あたら若い侍の命を、一つ失ってしまった。

「やつらは、よく考えているな」

歩きながら山野辺が言った。

「そうだな。一人が捕らえられても、指図した者や他の者が分からない仕組みになっている」

宇之助は利用をされ腹を切ったが、事件の解決には繋がらない。

「忌々《いまいま》しいぞ」

山野辺が言った。宇之助は魔が差して企みに乗っただけだ。そしてたかだか五両のために命を失った。

久離となっては、川谷家の墓にも入ることができない。

「使い捨てではないか」

正紀が続けた。渡部にしても宇之助にしても、なしたことは許せないが、そこに至った心情については、一筋の思いがないわけではなかった。

「しかしこうなると、澤橋宗次郎をそのままにはできぬことになるな」

「いかにも」

山野辺の言葉に、正紀は返した。澤橋は、南部屋と川路屋の両方に関わっていると見ている。

「あやつは川路屋では指図役だった」

宇之助は、脅されて仲間に加えられそうになっていた。澤橋も同じではないかと正紀は考える。

「次も、そういう役目を負わされそうだぞ」

山野辺も、同じことを考えていたらしかった。

「あやつを、もう泳がせておく意味はないな」

「捕らえて、分かっていることだけでも喋らせよう」

という結論になった。それならば、これからでもいい。

正紀は、山野辺と共に澤橋の屋敷がある築地に足を向けた。源之助と植村もついて来る。

「黒幕の櫛淵は、宇之助殿が腹を切っても、痛くも痒《かゆ》くもないわけですね」

櫛淵が黒幕だと決まったわけではないが、源之助はすでにそうと決めつけて腹を立てていた。

澤橋家の屋敷に着いて、山野辺が門内に声をかけた。外へ呼び出すつもりだった。

しかし澤橋は出かけていると伝えられた。待っていてもよかったが、深川の縁戚の家に用足しに行ったというので、歩く経路は分かっていた。

「待つよりも参ろう」

山野辺はせっかちだ。四人で歩き始めた。鉄砲洲を過ぎて、霊岸島《れいがんじま》を抜けた。そして永代橋を渡り始めた。広い川面が、黄ばみ始めた日差しを浴びて輝いている。

「あれは」

中ほどまで来たところで、山野辺が小さく声を出した。澤橋の顔を知っているのは山野辺だけだ。

正紀が目をやると、橋の東側から二十代半ばの部屋住みふうの侍が歩いてくる。

「澤橋だな」

「いかにも」

正紀の言葉に、山野辺が返した。

「ここで捕らえるか」

山野辺が続けた。橋上ならば、逃げるのは難しい。

「よし」

正紀は源之助と植村に目配せした。二人はさりげないふうに、しかし足早に歩いて澤橋の後ろ側に回った。

逃げ道を塞《ふさ》いだ形だ。

「その方《ほう》、澤橋宗次郎だな」

山野辺が行く手を遮《さえぎ》るように澤橋の前に立って、腰の十手に手を触れさせながら告げた。

それだけで、相手はこちらの言わんとすることを察したらしかった。驚愕の顔だ。押されるように、数歩後ずさった。

「その方、川路屋と南部屋を襲ったであろう」

澤橋は苦渋の目を向けたが、それはわずかの間だけだった。

「何の話であろうか」

と返してきた。短い間に腹を据えた気配があった。

「こちらは貴殿が、その押し込みの一人として問いかけをしておる」

「証拠は、あるのでござるか」

「貴殿は直参の子弟でござる。何もなくて、このような声掛けなどいたさぬ」

山野辺は真剣な面持ちで言っていた。澤橋は何も言わない。それが答えだった。

後ろを振り向いた。言い逃れられないと察したらしかった。歩いてきた方向へ駆け出そうとしたが、源之助と植村が行く手を阻《はば》んだ。

「ううっ」

呻き声ともつかない声を漏らすと、澤橋は刀を抜いた。「ぎゃっ」と、近くを通りかかった者が悲鳴を上げた。

澤橋は、源之助に向かって一撃を振り下ろした。力は込められていたが、まだ体勢は整えられていなかった。

ほぼ同時に刀を抜いていた源之助は、わけなくそれを払った。

体がぐらついている。それを目にしただけで、正紀には澤橋が狼狽《うろた》えているのがよく分かった。

肩を狙ったらしい再度の一撃も、源之助が払った。相手がどう動くか、まったく考えていない一撃だった。

その間にも、他の者たちは逃げ道を塞ぐように取り囲んでいた。

四人が相手では、どうにもならない。澤橋は、目を血走らせている。

「覚悟を決めて、おとなしく縛《ばく》につけ」

山野辺が叫んだ。

「だ、黙れっ」

澤橋は叫んだ。

「おれは、やりたくてやったのではない」

と叫んだ。幼児の悲鳴のようにも聞こえた。

その直後のことだ。澤橋は橋の欄干《らんかん》に上り、自らの刀で腹を刺した。一瞬のことだった。

「ううっ」

顔が苦痛で歪んだ。あまりに咄嗟《とっさ》の出来事だったので、誰もどうすることもできなかった。

「ああっ」

見ていた者は声を上げたが、腹を刺した体は橋から落ちていった。

「澤橋っ」

山野辺が上から叫んだが、どうにもならない。澤橋の体は、橋杭《はしぐい》を横から支える貫《ぬき》や根包《ねつつみ》にぶつかってから川に落ちた。

「急げ」

正紀が声を上げる前に、源之助と植村は駆け出していた。橋を渡って下の船着場へ駆け下りた。

「舟を出せ」

船着場にいた船頭も、橋からの落下を目にしていた。すぐに舟が水面《みなも》に飛び出した。

流されてゆく体を、必死で追った。

澤橋の体を、船上に引き上げることができた。しかしこのときには、澤橋はこと切れていた。

濡れた死体を目にして、正紀は息を呑んだ。怒りと無念が胸に湧いた。

「生きてはいられぬと、察したのであろう」

「己を、責めていたのか」

正紀の言葉に山野辺が続けた。

「抜けさせてもらえなかったのでしょうね」

植村が続けた。握り拳が震えている。今日一日で、川谷宇之助と澤橋宗次郎の二人の命が失われた。

五

屋敷を出た橋本は、この日も杉尾と共に日本橋や京橋界隈に出て銭の値を検めた。高岡河岸の利用を増やす目的で商家を巡るが、ついつい銭の動きの方に目が行ってしまう。

少しの変化でもあれば、正紀や井尻に伝えなくてはならない。井尻に確かめると、あと十両や二十両ならば買い増しができるという話だった。

「ならば増やしたい」

というのが本音だった。最初の両替屋を覗く。

「おおこれは」

一両が四千二百四十六文になっていた。昨日より、十八文も銭の値が上がっている。

「買値からですと、三十九文の値上がりですね」

橋本は、つい甲高《かんだか》い声を上げてしまった。わずか三日で、しめて二千文近い利を出している。

「下がる気配がないな」

杉尾も満足そうに言った。高岡藩が五十両を買った日から、一度も下がっていない。他の両替屋も廻る。二、三文の違いはあっても、おおむね銭の値の上昇傾向は変わらなかった。舂米《つきごめ》屋や酒の小売り店も覗いた。米に関わる店の値も、確かめたのだ。

「少しずつ下がっていますね」

金がありそうには見えない者でも、一升徳利を抱えて酒を買ってゆく。白米も同様だ。

質素倹約ばかりを押しつける定信の時代になって、景気は下がる一方だった。それがわずかに上向く気配を見せてきた。今後銭の需要は増えると告げた房太郎の言葉は、やはり正しいと実感した。

ひと廻りして、橋本と杉尾は熊井屋に足を向けた。

「おやっ」

店の前に、三十前後の破落戸ふうがいて、店の中を覗いている。柿渋の子持ち縞の着物を身に着けていた。

「怪しいぞ」

たまたま通りかかって立ち止まったという様子ではない。橋本の頭に浮かんだのは、鮒吉のことだった。

顔を見たことはないが、話は源之助や植村から聞いていた。

「なぜ熊井屋を探るのか」

それが疑問だった。杉尾に、疑問を耳打ちした。

「ならば様子を見よう」

店には入らず、離れたところで立ち止まった。声もかけない。破落戸ふうは、店の内外を探っているように見える。

そして少しして、玉坂錦之助が出てきた。玉坂の顔は前に見たことがあった。破落戸ふうは玉坂に近づき、声をかけた。

「なるほど、そうか」

杉尾がふと呟いた。

「あやつ、玉坂が用を足すのを待っていたわけだな」

「となるとやはり、あれは鮒吉ですね」

杉尾の言葉に、橋本は返した。二人は何か話をしながら、熊井屋から離れていく。念のためにつけた。

「次の悪事に、関わる動きかもしれません」

期待したが、行った先は駿河台の櫛淵屋敷だった。

橋本は杉尾と共に、熊井屋へ戻り房太郎と会った。玉坂について尋ねた。

「あの方は、両替に見えました」

こともないといった顔で、房太郎は返した。熊井屋は櫛淵家の御用を受けているから、当然だという話だ。

「銭の値は、日々上がっておりますな。そろそろ頭打ちになるのであろうか」

杉尾が尋ねた。玉坂よりも、今はこちらが気になるようだ。ここで値が止まり下がったら、ただのぬか喜びになる。

「いえ、まだまだ上がります」

ずり下がった丸眼鏡を戻しながら、房太郎は答えた。

「ならばありがたいが」

そうであってほしいという気持ちは、橋本も杉尾も同じだ。

「裏長屋住まいの者も、銭を使っています。河岸場でも、人足たちの仕事が増えました」

「そうかもしれぬ」

「稼いだ銭で、食事をし酒を飲みます。店賃《たなちん》も払います。それらは皆、銭です」

「まさしく」

この前に話したときよりも、値上がりの勢いがあると強調した。

「それだけではありません。高価な品も店に並び、売れるようになりました」

何両もするような着物や嗜好品《しこうひん》といったものだ。頷いていると、房太郎はさらに続けた。

「繰り返し出されていた奢侈《しゃし》禁止の触《ふれ》も、このところ出されていません」

「そういえばそうだな」

杉尾が頷いた。

「金持ちが金を使えば、その品のために働く人が増えるということです」

「下々にも、銭が行き渡るわけだな」

房太郎は、にっこりとした。

「一昨日《おととい》も五十両を買い増ししましたが、これからも値動き次第では買い足そうと考えています」

「まだまだ買えるわけだな」

「はい」

相場が面白くて仕方がないといった顔だ。

「あれじゃあ、女子《おなご》になんて目が向きませんよ」

おてつがぼやいた。とはいえ小店《こだな》の脇両替でしかない熊井屋が、それなりの額で相場を張り儲けることができるのは、房太郎の才覚があってのことだ。

「殿と井尻様に諮《はか》ってみよう」

杉尾が言った。

屋敷に戻った正紀は、杉尾と橋本から、銭相場に関する見てきた結果を聞いた。房太郎が話した見込みも伝えられた。

「銭の値動きには勢いがあります」

「買い増しをしてもよろしいのでは」

杉尾と橋本が言った。

「そうですな」

共に聞いた井尻に、渋る様子はなかった。金が出てゆく話には、いつも渋い顔をした。それが今回はない。

正紀は夜になって、京に押し込みをした若侍二人が命を断ったことを伝えた。

「黒幕はわが手を汚さず、若侍を使い捨てたわけですね」

悔し気に言い、両手を合わせた。

「今頃はのうのうと、うまい酒を飲んでいるのかもしれぬ。進物に使ったやもしれぬ」

そう考えると、腹立たしい気持ちになる。

「母ごは、深い思いで育ててきたのでございましょうに」

腹に手を当てながら京は口にした。今日も一日元気だった孝姫は、寝息を立てている。

銭の買い増しについても話した。

「損をすることも踏まえてのお考えとなりましょう」

手放しで勧めるわけではなかった。

六

翌日正紀は、重陽《ちょうよう》の節句のために登城した。

重陽の節句は五節句の中でもっとも公式で重要な行事として、諸大名は江戸城に上がってお祝いの言葉を述べた。菊を浮かべた酒が振る舞われて、不老長寿と五穀豊《ごこくほう》穣《じょう》を願う。

天領でも大名家の領地でも、刈り入れは進んでいるだろう。

供をしてきた家臣たちは、下馬門の前で殿様の下城を待った。

その待つ間、橋本は杉尾と共に、町へ出て銭の値を確かめた。近習である源之助と植村は、下馬門に残った。

「一両が、四千二百四十文ですね」

両替屋の店を覗いた橋本は、わずかに上ずる声になって言った。

「そうだな」

頷いた杉尾の顔にも緊張があった。正紀と井尻から、一両が四千二百四十文までならば、十両分を買ってよいと告げられていた。

「ぼやぼやしていると、目の前で上がってしまうかもしれません」

橋本が言うと杉尾は頷いた。熊井屋へ急いだ。居合わせた房太郎に、杉尾が買い入れを伝えた。

「それが、少し前にまた値上がりをしましてね」

房太郎は渋い顔で言った。

「どういうことであろうか」

「私が今五十両を買い入れたのですが、一両が四千二百三十五文でした」

わずかの間に、五文の値上がりがあったと告げていた。こうしている間にも、上がっているかもしれないと告げた。

相場は生き物だ。売り手は買い手が現れれば、少しでも高く売ろうとする。買い手は、さらに上がると見れば金を惜しまない。相場師は命を懸けている。

「そうであったか」

杉尾と橋本は肩を落とした。それでは買えない。

銭の値上がりは嬉しいが、買い増しはできない。釣りかけた大魚を、逃したような気持ちだった。房太郎は値上がりしても買い増ししたようだが、橋本らにはその権限はなかった。

命令は絶対だ。仕方なく店を出た。

店を出て下馬門の前に行くつもりだったが、見覚えのある色柄の着物の男が前を歩いていた。柿渋の子持ち縞の着物である。

「あれは」

杉尾と橋本は頷き合った。足を速めて追い抜き、それとなく顔を確かめた。鮒吉だった。

「偶然か」

橋本は呟いた。何であれそのまま行かせるわけにはいかない。また櫛淵屋敷に足を運ぶだけかもしれないが、それでもよしとしてつけることにした。

迷いのない足取りだ。行った先は、東堀留川河岸の道だった。

「このあたりは、確かあの者の地元だったと思いますが」

話は聞いている。

「ここ数日は、あまり顔を出していないという話も聞くが」

とはいえ、顔を出しておかしいわけではない。立ち止まったのは、堀留町二丁目の隠居所ふうの瀟洒《しょうしゃ》な建物の前だった。

躊躇《ためら》う様子もなく格子戸を開け、中に入った。

橋本は、通りかかった近所の者に問いかけた。

「この建物は、どこの誰のものか」

「黒須屋砂蔵さんのものです」

金貸しだという。聞いて橋本は何とも思わなかったが、杉尾が言った。

「熊井屋の客ではないか」

「ああ、そうでした」

高利貸しだと、房太郎は言っていた。そのときは久萬吉という番頭と用心棒の市城という浪人者が熊井屋に姿を見せていた。

黒板塀に囲まれて、見越《みこ》しの松《まつ》の緑が鮮やかだ。瀟洒な建物は、多くの金に困った者を追いつめて得たものだと橋本は考えた。

半刻ほど様子を窺っていると、辻駕籠《つじかご》が一丁やって来て停まった。三十歳前後の浪人者がついている。

橋本は顔を検めた。見覚えがある。市城という用心棒の浪人だった。身ごなしに隙がない。なかなかの遣い手に違いなかった。

駕籠から降りたのは、四十をやや超えたとおぼしい羽織姿の男だ。悪相で切れ者に見える。しかし通りかかった旦那ふうには、愛想のいい顔になって頭を下げた。

「これはこれは、伊勢《いせ》屋さん」

相手も頭を下げた。すれ違うと、すぐに強面《こわもて》の顔に戻って建物の中に入った。

「顔見知りの旦那ふうには、腰が低いわけだな」

「阿漕《あこぎ》な金貸しに違いありません」

通りかかった近所の小僧に、それが黒須屋砂蔵だと確認した。

何か動きがあるかと様子を見る。正午過ぎまで様子を窺ったが、何も起こらない。

「そろそろ、殿の下城ではござらぬか」

橋本はそれが気になった。重陽の節句の祝いなので、目通りをして祝いの言葉を告げ菊の酒を頂戴すれば下城となる。

痺れを切らせた頃、久萬吉が姿を見せた。

市城と鮒吉を連れている。鮒吉は、砂蔵に何か言われると、慇懃《いんぎん》に頭を下げていた。話の内容は聞こえない。

そして通りかかった辻駕籠を鮒吉が停めた。乗り込んだのは久萬吉で、市城がついて行く。

鮒吉は見送っただけで、ついては行かなかった。

橋本と杉尾は、駕籠の方をつけた。大川端の方向に向かってゆく。

「両国橋《りょうごく》を渡るのか」

と杉尾は呟いたが、そこまでは行かなかった。行き着いた場所は、薬研堀《やげんぼり》に沿ってある出合茶屋《であいぢゃや》の前だった。駕籠から降りた久萬吉らは、その出合茶屋に入った。

「まさか女と逢うのではないだろう」

杉尾が言った。男女の密会の場所だと、橋本は教えられた。そういう場所があるとは知らなかった。

しばらく様子を見ていると、見覚えのある侍がやって来た。玉坂錦之助だった。木戸門を押して、中に入った。

橋本はその近くまで、足音を忍ばせて近寄った。離れたところから見ているだけでは埒《らち》が明かない。

せめて番頭とのやり取りを聞こうと思ったのだ。

人の気配がないのを見計らって、敷地の中に入った。出入り口近くの灌木《かんぼく》の繁《しげ》みに隠れて耳を澄ますと、やり取りが聞こえた。

「久萬吉殿は、姿を見せているか」

「はい。お待ちです」

それだけ聞けば、充分だ。気づかれないように、通りへ出た。橋本は耳にしたことを、杉尾に伝えた。

「そうか。櫛淵と黒須屋は繋がっているのか」

杉尾は呟いた。

七

正紀が下城して、植村は他の家臣と共に行列をしながら下谷広小路の高岡藩上屋敷へ戻った。銭相場の手当てをすると言って下馬先から離れた杉尾と橋本は、まだ戻っていなかった。

変事があれば知らせが来るはずだが、それはない。

屋敷に戻ってしばらくした頃、植村は佐名木を通して、喜世と共に奥方京様の用を足すために出かけろと命じられた。

「ははっ」

命じられて、胸がときめいた。とはいえそこには、小さな痛みもあった。

初めて感じる気持ちだ。

佐名木からは、嫁に取ってはどうかと告げられていた。おそらく植村が頷けば、それで決まるはずだった。父親の喜左衛門は承知をしていると聞いた。

受けたい気持ちは大きいが、それをさせない躊躇《ためら》いとこだわりがある。怯《ひる》んでいるというのとも微妙に違う。一生のことだ。

そのようなことは、考えたこともなかった。

ことが起こった場合、乗るかやめるか流れに沿って生きてきた。今尾藩を出たのも、手討ち寸前のところを正紀に救われたからだ。正紀への一生の恩義だ。他のことは考えもしなかった。

しかし今回は違った。

喜世には好感を持っている。祝言を挙げられるのならば挙げたい気持ちは強かった。だから小さなことが気にかかる。

植村を躊躇《ためら》わせるのは、喜世の中にあるこだわりだった。

喜世は腹を痛めて産んだ子を、離縁された家に残していた。夫には未練はないらしいが、子どものことは忘れきれないでいる。

「生みの母としては当然のことだ」

口には出せない思いが、喜世にはある。そういう人の心の奥に、初めて思いを及ぼした。それが植村の胸に、小さな痛みを伝えていた。

「おれは、どうかしている」

とも感じるが、喜世の気持ちを無視できない。他人事《ひとごと》ではないという思いだ。

自分は体が大きなだけで、融通は利かない。それは分かっていた。それでも庇《かば》ってくれた正紀だから、命を懸けていいと思った。そして親しく関われた女は、七年前に亡くなった母親だけだった。

藩内の娘から気遣われることなどなかった。喜世はまともに自分に関心を持ってくれた、初めての女だと言っていい。

「では、参りましょう」

言われて植村は、喜世と共に屋敷の裏門から外へ出た。今回も、京の好物の水菓子を買うことが目当てだった。

まずは京の、出産を控えた様子を聞いた。今のところ、順調だとの話だった。

「喜世殿は、屋敷に来てまだ一度も実家に戻っていませんね。気になりませぬか」

植村は今尾藩に縁者はいるが家族はいない。

「何かあれば、知らせが来るはずです」

「なるほど」

それで納得したように頷いたが、収まりがつかない小さなこだわりがある。栗原家のことは、知らせがある。

しかし喜世にとって大事な存在はそれだけではないはずだった。

婚家に取り上げられた、男児がいる。すでに新しい母親もいると聞いた。今さらどうにもならない話だが、喜世はそれを、受け入れきれてはいないと感じる。植村がこだわるのはそこだった。

用足しを済ませた植村と喜世は、八《や》つ小路《こうじ》の広場に出た。屋台店や大道芸人が出ていて賑わっている。燭台《しょくだい》を手にした半裸の男が、声高に口上を述べていた。その前に人が集まっている。

「火《ひ》の輪潜《わくぐ》りのようですね」

人がどうにか潜れるほどの、丸い輪のようなものが立てられている。植村と喜世も、足を止めた。

人が集まったところで、半裸の男は立てられた輪に、燭台の火を触れさせた。ぼうっと音を立てて、炎が輪を包み込んだ。輪には油を浸《し》み込ませた布が巻き付けてあるらしかった。

赤い炎が上がっている。

「さあさ、ご覧《ろう》じろ」

半裸の男は、火の輪からやや離れたところに立った。そして一気に飛び出した。

「わあっ」

声が上がった。男の体は、朱色の火の輪を潜るとくるりと回転して、地べたに立った。

「おおっ」

またしても声が上がり、今度は小銭が投げられた。

「火傷《やけど》など、していない様子ですね」

息を呑んで見ていた喜世が言った。ほっとした顔だった。

「はらはらしました」

「私も」

二人で笑い合った。

そして藩邸へ戻ろうとしたところで、「あっ」と喜世は小さな声を上げた。目を向けている先を見ると、見覚えのある若侍がいた。

向こうは気づいていない。

「あれは、文之助殿ですね」

喜世の弟だ。一人ではない。三十歳前後の浪人者と一緒だった。浪人者には、荒《すさ》んだ気配があった。

似合わない組み合わせだ。二人は歩きながら、何か話している。

それを目で追っている喜世の顔が曇っていた。近寄って声をかけようとしたが、いつの間にか人ごみに紛れて見えなくなった。

「あの浪人ふうは、知り合いでしょうか」

「さて、あのような方と知り合うことは、ないと思いますが」

そう返されて、植村は次の言葉が浮かばない。

「あの子は、自棄になっているのです」

「どういうことですか」

「今月になって、決まりかけていた婿の口が潰れました」

乗り気だったそうな。

「兄の祝言が決まって、来春には輿入《こしい》れとなります」

「めでたいですね」

「はい。でも弟は気を使います」

「はい」と言った後に、わずかな間があった。「自分も」と言いたかったのかもしれないと、植村は思った。

「あの子は、焦っているように思います」

植村は、何も言えない。喜世の気持ちを受け入れるつもりで、黙ったまま頷いた。

「悪い仲間に入らなければいいのですが」

呟きが聞こえた。

第四章　次の行く先

一

重陽の節句の翌朝も、杉尾と橋本は町へ出た。近頃は、まず銭の値を調べるようだ。

戻ってきた杉尾が、正紀にその値を伝えた。

「銭の値は、一両が四千二百二十八文です」

「続騰《ぞくとう》しているな」

「はい」

二人は、頷いた。

「それから、このようなものが売られていました」

杉尾が、一枚の読売《よみうり》を差し出した。

「江戸市中で、先月と今月、大胆にも白昼に押し込みがあったよ。それで人が死んでいる」

売り手は高い声で言っていたとか。その詳細を伝えたものだとして売っていた。町の者は、競って買い求めていた。

杉尾と橋本も手に入れてきた。この手の読売は川路屋の件だけでなく、一月《ひとつき》前の南部屋襲撃の折にも出ていた。

「町の商家の者は、次は己の店が襲われると思うのであろうな」

正紀は読売に目を通してから言った。夜陰《やいん》に紛《まぎ》れて襲うのではない。そこが怖ろしいらしかった。侍が五人というのは、ここ泥ではない。ここぞと決めて、押し入っている。

「押し込みは、町の捕り方を舐めている」

そう口にする者もいたとか。

「山野辺は、辛いところだろう」

正紀は呟いた。

川路屋を白昼襲った賊五人のうち、二人が亡くなり一人が捕らえられて牢屋敷に留め置かれていることも報じていた。いかにも極悪人といった似顔絵があって、渡部久作とは似もつかない。

「読売を読んだ者たちは、まだ捕らえられていない二人を、早く捕らえろという声を上げていました」

「そうなるであろうな」

物騒だと感じている中で、さらに読売で恐怖心を煽《あお》られる。

「いずれ、町奉行所は何をやっているという責める声になるぞ」

正紀は続けた。

「他にもいろいろ言っていました」

「どのようなことだ」

「捕らえた者は早く処刑をして、それを見せしめにしろ、というものです」

「なるほど」

同じような読売は数日前にも出ていて、源之助が買ってきていた。そうした声には、町の旦那衆も、賛同するに違いなかった。自分は襲われたくないという気持ちからだ。

「町奉行にしても目付にしても、面倒は避けたい。早く始末することで非難を抑えられるならば、それで終わらせたいのが本音ではないでしょうか」

傍《そば》にいた佐名木が口にした。

牢屋敷にいる渡部は、しょせん小禄の御家人の次男坊だ。公儀は民心を鎮《しず》めるために、早期の処刑をおこなうかもしれない。

昼下がりになって、山野辺が高岡藩上屋敷へ正紀を訪ねてきた。

「捕らえていた渡部の処分が出るぞ」

明日には白洲《しらす》で吟味《ぎんみ》があり、判決が下される。町奉行所で耳にして、伝えに来たのだ。

「どのようなことになるのか」

「切腹ではなく、斬首となる模様だ」

武家としての、名誉の死はない。さらに渡部家は二十俵の減俸《げんぽう》で、お役御免となるとか。やはり当人一人のことでは済まない。

「処刑は小塚原《こづかっぱら》で、五日後あたりではないか」

「町奉行所も目付も、早い動きをするな」

「厄介払いさ」

「まあそうだろう。小禄の家の次男坊の首一つで、非難の声を抑えられるならわけもないことだな」

剣術師範の夢破れたのは不憫《ふびん》だが、それは運命というものなのか。相手の腕が、上回っていた。

「不満を抱えて過ごす中で、五両という金子を示された」

「わずかな気の迷いが、当人だけでなく親族にも累《るい》を及ぼしたことになる」

「愚かと言ってしまえばそれまでだが、人には弱いところがあるからな」

「それはそうだ」

正紀の言葉に、山野辺が応じた。

また渡部が処刑をされても、ことが解決するわけではなかった。残り二人の、名も知れない押し込みをした者がいて、黒幕らしい櫛淵と黒須屋がのうのうとしている。

「次の押し込みを謀《はか》っているのは間違いない」

「捕らえられていない二人は、また加わるのであろうか」

川谷宇之助の供述からすれば、前回押し込みに加わった者には、弱味を握って仲間から抜けられないように図っている。

「ただ四人か五人となると、新たな者が入用《いりよう》になるのではないか」

南部屋を襲った者もいる。澤橋は、二つの押し込みに加わった。

「ただ金貸しの黒須屋については、浮かんできたばかりで、どう関わっているか分かっていないことが多い」

「動いているのは、用心棒の市城威三郎だろう」

「どのような者か」

　山野辺は、市城を当たってみると言った。

　高岡藩上屋敷を出た山野辺は、堀留町へ足を向けた。まず木戸番小屋の番人に、市城について問いかけた。

「半年くらい前に現れて、黒須屋に住み着きました」

「町の者に乱暴を働くことはないのか」

「それはありません」

　町に乱暴者が現れると、逆に懲《こ》らしめるような真似もするとか。酒は近所の店で飲むらしいが、金払いはいい。

「でもね。貸金《かしきん》の取り立てのときは、鬼のようになるらしい」

　親の代からの浪人で、諸国を流浪して喧嘩剣法を身につけたという噂だ。

　番人以外からも話を聞いた。黒須屋は主人の砂蔵も番頭の久萬吉も、町の者への愛想は悪くない。嫌われ者ではなかった。

「用心棒とはいっても、近頃は、町から出かけることは多いですよ」

と口にする者が何人かいた。

「八つ小路界隈で、若いお侍と話している姿を見かけましたっけ」

と言う者もいた。このときは親し気に話しかけていた。

黒須屋から金を借りた者を知らないかと訊いて、田所《たどころ》町の一膳飯屋を教えられた。

すぐに出向いた。

「貸すときは、仏顔でね。こちらも困っていましたから、そのときは助かったと思いました」

「しかし取り立ては厳しかったわけだな」

「はい。返済の期日が来て、取り立てに来ました」

全額の用意ができていなかった。

「頭を下げたのですが、お客さんがいる前で、刀で縁台を二つにされました」

店の者も客も、驚き怯《おび》えた。慌てて他から借りて、返したそうな。

二

次の日も、朝から杉尾と橋本は、日本橋界隈へ銭の値を確かめに行った。そして一刻半ほどして、慌てた様子で戻ってきて正紀と井尻に報告をした。

「一両が、四千二百三十一文になっていました」

「三文ですが、値下がりをしています」

銭の値に関心を持つようになってから、毎日値を上げる場面しか目にしていなかった。それで杉尾や橋本は、慌てたらしかった。

「相場とは、しょせんそのようなものだ。少しばかり値が下がったところで慌てることはなかろう」

井尻が返した。上がったり下がったりしながら、値を上げてゆくと続けた。井尻は、前はおろおろしたものだが、今回は分かったようなことを口にした。

「では安くなったところで、買い増しをいたしましょうか」

「ううむ」

井尻は考え込んだ。欲の皮は張っているが、根は小心者だ。

正紀としては、十文二十文の値動きで、慌てることはないと思っている。ただ一気に百文二百文と上げてしまうほどの勢いがあるのではなさそうだった。大きく下がる要因がないなら、このままでいい。

「もうしばらくの、辛抱であろう」

植村は、一昨日八つ小路で見かけた栗原文之助のことが気になった。荒んだ気配の浪人者と一緒だった。喜世の案じ顔が頭に残っている。

また昨日、山野辺や杉尾らから聞いた、盗賊に関する話も頭にあった。

浪人市城が犯行に加わる若侍を探しているらしいのが気にかかるのだ。一刻余りで五両というのはいかにもおいしい話だが、悪事のにおいが濃い。

当人としてみれば、押し込みの仲間に加えられるとまでは考えないだろう。どこかに甘さと軽さがあって、話に乗ってしまう。平常ならば分かることが、追いつめられていると見えなくなる。

「直前に何をするか聞かされて、そのときには逃げられない構図だからな」

と呟きが出た。またそうでないにしても、不逞《ふてい》浪人と関わるのは考えものだ。

跡取りの兄に妻ができ、そしていずれは子ができる。部屋住みの文之助としては居づらくなる。

喜世が文之助は「焦っている」と告げたのには根拠があった。捕らえられた渡部や亡くなった他の二人も、同じような境遇にいた。

しかし居づらくなるのは、喜世にしても同じだろう。心の底からの笑顔は、とても望めない。

ただ植村にしてみれば、喜世にこれ以上悲しい思いはさせたくないという気持ちがある。

だから文之助については、少し調べてみようと考えた。杞憂《きゆう》で終わるならば、それでいいのだ。

四谷大通りを西に歩いて、大木戸《おおきど》の手前の横道を左折する。二百坪程度の武家屋敷が並んで、ここが大御番与力の組屋敷となる。

以前、源之助に連れられてきた栗原屋敷の近くまで足を運んだ。

「卒爾ながら、お伺いしたい」

通りかかった侍や新造《しんぞ》に声をかけた。人通りは少ないので、見かければ声をかけた。口調は丁寧にしている。山野辺から前に聞いていた、婿にしようとする者を探る体《てい》で、文之助の人となりを尋ねた。

「兄や姉とは、仲がいい。何でも熱心にやるが、末子ということで、甘ったれなところがあるな」

隠居ふうが言った。植村は、その「甘ったれなところ」というのが気になった。悪党の甘言《かんげん》に乗せられてしまうかもしれない。

酒などは飲まない、不逞浪人と関わるところも見たことがないと告げられた。剣術の稽古は、熱心にやっていた。

「姉に、喜世殿という方がいると聞きますが」

ついでに尋ねた。

「あれは、不憫な女子《おなご》だ」

と隠居ふうは答えた。他の者よりも、いろいろ話してくれた。暇だったのかもしれない。

「どのように」

「別れた夫とは、もともと相性はよくなかった。ただ祖父同士が決めた話が、そのまま進んでしまったと聞くぞ」

文之助と親しくしている、部屋住みの子弟を教えてもらった。

早速訪ねて、若侍から話を聞いた。

「そういえばこの数日、あやつ不機嫌なことが多いですね」

「それについて、尋ねたのでござろうか」

「訊きましたが、うるさいと言われて」

苦笑いをした。

「浪人者との付き合いは」

「それはないと思いますが」

気になることが、他に何かあるらしい。

「どのようなことでも、話していただきたい」

「破落戸ふうと歩いているのを、見たと言う者がいました」

「いつのことでござろう」

「今日の昼四つ（午前十時）過ぎだとか」

見かけたのは界隈の若侍だと言うので、住まいを教えてもらった。組屋敷なので、あらかたの者が知り合いだ。二つ三つ年上の、部屋住みの者だ。

「場所は」

「四谷大通りでした」

三十歳前後の荒んだ気配の者だったとか。やや離れていたが、間違いはない。そういうことはこれまでになかったので、気になったとか。

「どのような様子であったのか」

「相手の方は、親し気に声をかけていましたが」

「身なりは。柿渋の着物で子持ち縞の模様ではなかったか」

「さあ。そうではなかったような」

おぼろげらしい。ただ紺に近い色だというのは思い出した。植村は、鮒吉ではないかと思っている。違う着物だとしても、他の人物とは限らない。

毎日同じ着物を身に着けるとは限らないからだ。ただ、違ってほしいという気持ちもあった。

三

「祝言も間近い。暗い顔をして何といたすか。しっかりなされよ」

貝瀬市之丞は、母親からそう声をかけられた。みつとの祝言は、一月《ひとつき》後に迫っていた。迎える側としての支度《したく》も、徐々に整ってきている。

屋敷の一部も、改築をおこなった。

貝瀬家は家禄四百石の御目見で、父は御幕《おまく》奉行を務めていた。市之丞は、その嫡男である。

あと二、三年もすれば、父は隠居をする。

「旗本として、これからが開けるぞ」

と同年の道場仲間で次三男の者から、羨《うらや》ましがられた。弾んだ気持ちがあったのは事実だ。三つ下、十八歳のみつは愛らしかった。

みつの家は家禄が五百石で、父親は将軍とも接する機会の多い御小姓頭取《おこしょうとうどり》を務めていた。君側の臣を義父とする身の上だ。羨まれるのは当然だ。

将来的には、加増の上で御幕奉行以上の役に就ける可能性があった。

けれども九月になって、心落ち着かない日が続いていた。夜も眠れないほどだ。

もう「これから」などはない。絶望があるだけだと考えると、どうしても気持ちが暗くなった。塞《ふさ》いで見えるのは、母に言われるまでもなく分かっていた。

「己のことだけでなく、貝瀬家はどうなるのか」

そこまで気にかかる。

「とんでもないことになってしまった」

後悔はあるが、それを口にはできない。

今月の二日、命じられるままに京橋柳町の繰綿問屋川路屋へ、他の四人と共に押し込んでしまった。奪った金子の総額は二百五十一両だったと、後になって読売を読んで知った。

ことの初めは、貝瀬が日本橋の櫛簪《くしかんざし》を商う店の品を眺めていたときだった。翡翠《ひすい》玉《だま》を使った簪や見事な細工をあしらった銀簪が並んでいた。

気持ちを引かれたのは、深い緑の半透明な翡翠を使った珠簪《たまかんざし》だった。

「この簪を、みつの髪に挿《さ》してやりたい」

さぞ似合うだろうと思った。喜ぶ顔も見てみたかった。しかしそれは四両近い値をつけていた。ため息が出た。

いくら家禄四百石の旗本家の跡取りでも、部屋住みの身では、自由になる四両の金などなかった。ただあきらめきれずに、何度か通った。手持ちの金子で買える簪は、目当ての品と比べれば、明らかに見劣りした。

そのときだ。近寄ってきた二十代半ばの主持《しゅうも》ちの侍がいた。

「気になる方に、買って差し上げればよい」

いきなり言ってきた。どこかで見た顔だと思ったが、話をするのは初めてだった。

「見事な簪だ。相手は、さぞ喜ぶでござろう」

いきなり何だ、と思った。ただ図星《ずぼし》を指されて、戸惑った。

「そのような金子はない」

知らぬふりをすればよかったが、ついそう返してしまった。そのときは、気さくな侍だと思った。

「一刻半で、五両の仕事がござる。なさらぬか」

それで終わりだと付け足した。後腐れはないと。

「ふん」

と思った。出まかせか、言葉通り仕事があったとしても、まともなことではないだろうと踏んだ。ただ一方で、本当に一刻半で済むのかという気持ちがあった。

相手は、自分を知らない。そう思った。

「であれば、少々の悪事ならば、目を瞑《つむ》ってもいいのではないか」

胸の内で呟いた。ことが済んだ後、後腐れなく別れればいいのだ。後は、知らぬふりをすれば済む。

そして二日後、剣術道場へ向かう途中で、侍が再び姿を現した。

「こんなところで会うとは、偶然でござるな」

侍は気さくな笑みを向けてきた。

「ああ」

どこかで心を許していた。翡翠の簪を買うことができる、ただ一つの手立てだった。

「いかがかな。あっという間に終わることだ」

そう言われて、強く断れなかった。今思えば、あの侍は最後まで名乗らなかった。こちらの名も尋ねなかった。

ここで侍は、三十歳前後の破落戸ふうの男を引き合わせた。それで姿を消した。それきり会っていない。

破落戸ふうからは、九月二日九つ半（午後一時）に、大川の東にある永代河岸に来るようにと告げられた。

「これは前金です」

と言って、懐紙に包んだ四両を渡して寄こした。簪を買える額だった。

躊躇《ためら》いはあったが、受け取った。その足で翡翠の珠簪を買った。そのときは、喜びがあっただけだった。

そして当日になった。指定された船着場へ行くと、会ったこともない侍が四人いた。集まっても名乗り合うこともなく、挨拶さえしなかった。

先日の破落戸ふうが現れた。

「何をするのか」

侍の一人が尋ねた。その侍も、これからのことを知らないらしかった。

「まずは、これに乗ってくださいまし」

舫《もや》ってある舟を指さした。そして続けた。

「押し込みをしていただきます」

あっさりとした口ぶりだった。花見にでも行くような言い方だと貝瀬は思った。

「まさか」

とんでもない話だった。聞いた他の者も、驚いた様子だった。

「貝瀬様には、四両の前金を受け取っていただいています」

相手は貝瀬の耳元でそう言った。何よりも、こちらの名を知っているのには仰天した。こちらは、名乗ったことはない。向けられてくる眼差しは、前回とは比べ物にならないくらい冷ややかなものだった。

どきりとした。こちらを、調べていたのだと気がついた。

「簪を買われたのでございましょ。みつ様のために」

聞いて、背筋に悪寒《おかん》が走った。そこまで知っているのかという衝撃だ。それならば、屋敷の場所も知っているのだろう。

「さあ、乗ってくださいまし」

と言われて、断れなかった。

他の侍にも、破落戸ふうは耳元で何事かを囁《ささや》いた。貝瀬のときと同様、言葉に有無を言わせない力があるらしかった。また他の者も、前金を受け取っているのだろうと感じた。

五人が舟に乗った。漕いだのは、そのうちの一人だった。

押し込みはうまくいって、永代河岸へ戻った。心の臓は、舟に乗っている間中、破裂しそうだった。追ってくる舟がないか、何度も振り返った。

船着場から離れるとき、残りの一両を男から受け取った。それで別れた。

押し入った者たちとは、とうとう一言も言葉を交わさなかった。五人を知っているのは、指図をした破落戸ふうの男だけだ。

ただ襲った者たちと別れて一人になったとき、ほっとした気持ちになったのは事実だった。

「これで終わった」

今日の一刻半は、なかったことにすればいい。とはいえ、捕り方がいつ現れてくるか、落ち着かない日を過ごした。川路屋の隠居が斬殺された場面も、目に焼き付いていた。

そして数日前になって、目の前に現れたのは捕り方ではなかった。

「貝瀬様、またお仕事をお願いいたします」

あの破落戸ふうの男だった。口ぶりこそ丁寧だが、有無を言わせない冷酷な眼差しが向けられていた。こちらが旗本の子弟であることなど、少しも気にしている様子はなかった。

「祝言の日も、迫りましたね。今度は、螺鈿《らでん》の櫛でも」

加わらなければ、川路屋襲撃の件を漏らすぞという意味だ。破落戸風情《ふぜい》が、家禄四百石の旗本の跡取りを脅している。

「いつだ」

声が引き攣《つ》った。けれどもそこで、目の前の男を斬り殺してはどうかとの考えが浮かんだ。できないことではない。

睨みつけ、身構える形を取っていた。男はこちらの気持ちを察したかもしれなかった。

しかし怯《ひる》む様子を見せなかった。その目を見て、斬り殺しても無駄だと悟った。

「相手は、こやつだけではない」

という思いだ。初めに声をかけてきたあの侍もいる。黒幕が、どこかにいるかもしれなかった。忌々《いまいま》しいが、話を聞くしかなかった。

四

夕刻前、正紀は兄睦群から呼び出しがあって、源之助を供にして赤坂の今尾藩邸に出向いた。いきなりの呼び出しだが、そういうことはたまにある。尾張徳川家の付家老である睦群は地獄耳で、知らせておこうという事柄があれば呼び出した。

耳に入れておけば、便利なことは少なくない。高岡藩は小藩でも、公儀や諸藩の動きがいち早く耳に入った。

「先日尋ねてきた櫛淵内記だがな、新たなことが分かったぞ」

それを知らせるために呼んだのだった。

「お聞かせ願います」

「あやつ、やはり新御番頭になるようだ」

たいした出世ではないかと言い足した。千石高の御使番から、布衣《ほい》二千石高の将軍直属の親衛隊の頭《かしら》になる。

「近くできるが、多くの者がその役目を狙っていた」

「強く推《お》した方がいるわけですね」

「三、四人、いるようだ」

「金子も使ったのでございましょうな」

「そういう噂は、耳にしているぞ」

聞いていると、腸《はらわた》が煮えくり返ってくる。正紀は、調べた限りの櫛淵や黒須屋にまつわる話を伝えた。亡くなった川谷や澤橋の話もした。

「若侍を使い捨てにして得た金子で、得た地位ということか」

「そのようで」

「あやつ、定信や他の老中あたりにも贈っているのではないか」

睦群は苦々しい顔だ。とはいえ、ときの権力者に近づこうとする者は少なくない。継続して進物を贈れる金を調《ととの》えたということだ。

「黒須屋には、便宜を図ってやっているのであろう」

「そうかと存じます」

尾張への進物はないらしい。

「汚れた金で贖《あがな》われた品だが、受け取る方は気になどしないであろう」

それから睦群は、話題を京の出産に移した。

「順調か」

「そのようで」

油断はしていない。先日のような腹痛に苦しむことはなくなった。喜世は出産まで屋敷にいることになっていた。

「宗睦様は、男児の誕生を待たれている」

「さようで」

これは前にも聞いた。期待が大きいのは分かるが、どうにもならない気持ちだった。

「尾張一門の結束が強くなる」

正紀と京は、共に尾張藩の先代藩主宗勝の孫となる。「一門の結束」という意味でいえば、京が男児を産めば、血縁としても濃いものになる。

期待をしているのは、宗睦だけではない。尾張一門はもちろんだが、高岡藩内でも男児を望む声が溢れていた。

話をしていて、正紀は重い気持ちになった。この話は、京にはしないことにする。

また睦群は、別のことを口にした。

「定信だがな、また何か企んでいるぞ」

新たな触《ふれ》を出すらしい。

「いったいどのような」

これまでにもいろいろな触を出してきた。しかしそれは、必ずしも成功していない。囲米《かこいまい》のときも棄捐《きえん》の令でも、うまくいったとはいえなかった。

囲米では無理な備蓄を求めたために市場に出る米が不足となり、米価はかえって上がった。棄捐の令のときは、一時的に蔵米取《くらまいと》りの直参は喜んだが、結局は札差《ふださし》から貸し渋りの目に遭った。今では恨みを持っている直参は少なくない。

そのたびに混乱を引き起こした。振り回される方はたまらない。そうした施策のまずさを見てきた宗睦は、定信との距離を広げてきた。

「あの御仁は、よかれと思ってするから始末に困る」

睦群はため息を吐《つ》いた。

今尾藩上屋敷を出た後、正紀らは熊井屋の房太郎を訪ねた。

昼前は一両が四千二百三十一文だった銭が、夕暮れどきになった今では、四千二百二十七文になっていた。

「おお、戻していますね」

源之助が声を上げた。

「一時的に下げることがあっても、すぐに戻します。まあ、見ていてください」

房太郎は言った。関東各地の刈り入れは順調に進み、あらかたが終わった。米の値は、安定しているという背景があった。

「相場を張る者は、目に見えない向こう側の出来事には耳を澄ませています」

親しい友人や仲間などいない房太郎は、物の値動きから変化を感じ取る。噂話に耳を傾け、真実を嗅ぎ取る。

「物の値は、正直です。何かが起こっていることを知らせてくれます」

吹けば飛ぶような体で、他人への充分な配慮ができない。しかし商いの神髄《しんずい》は摑んでいる。不思議な男だ。

正紀は、気になっていたもう一つのことを尋ねた。

「旗本の櫛淵と金貸しの黒須屋は、共に熊井屋の客だな」

「そうです」

どちらも一年くらい前から、商いをしていると房太郎は返した。

「ならば二人は、ここで会ったことがあるな」

「ええ。半年くらい前だったでしょうか、玉坂様と久萬吉さんがここで一緒になって、いろいろ話をなさっていました」

気が合ったらしいと付け足した。

「では、今は昵懇《じっこん》というわけだな」

「さあ、そこまでは分かりませんが」

店を出た後に、客同士が何をしようと関心は持たない。しかし房太郎は、ここで何か思い出したらしかった。

「黒須屋さんで厄介ごとがあったとき、櫛淵様に収めてもらったというようなことを、久萬吉さんが話したことがありました」

具体的なことは知らない。高利貸しならば、いろいろなことが起こるだろう。力のある武家を後ろ盾に持つことは、出費はあっても算盤が合うのかもしれない。

それならば、ただの知り合いというだけではないだろう。

黒須屋は武家にも金を貸していて、面倒なことがあれば櫛淵の力を借りるのが手っ取り早い解決になると察せられた。

五

山野辺は、堀留町の黒須屋を見張っていた。聞き込みで、鮒吉が町に現れたと知らされたからだ。

前の押し込みから十日ほどが過ぎた。そろそろ次の押し込みの支度をするのではないかと考えていた。

町で売られた読売では、捕らえた賊の処刑がほどなく小塚原でおこなわれるであろうことを伝えている。

「これで一安心だぜ」

という空気があった。見せしめになると考えるからだ。警戒が緩《ゆる》んでいる。

自分が賊ならば、この機は逃さない。黒幕にとって捕らえられた侍は、仲間でも何でもない。捨て駒の命一つで、町の者に隙ができるならば、かえって好都合だろう。

もうひと稼ぎしてやろうと考える。

賊が動くなら、まず仕事を始めるのは鮒吉だと思われた。襲う先の調べや、盗みに入る者たちへの指図などがある。もちろん玉坂や市城も、役目の中で動いているだろう。

黒幕の見当はついたが、まだ捕らえるまでにはいかない。押し込みの場で捕らえるのが最も確かだと思われた。

川路屋を襲った後、逃げた賊たちは永代河岸へ行った。ここで待っていたのが鮒吉だ。しかし鮒吉も、少し前に舟でこの場所へやって来たのだった。これは子守りの婆さんの証言である。

「やって来たのは海の方からだというから、押し込み場所の近くから来たのではないか」

襲撃の場面をどこかで見ていた、という考えだ。玉坂や市城が何をしていたのかは分からない。

とはいえ逃げた先で、奪った金子を受け取るのは間違いなかった。その金は、黒須屋か櫛淵へ渡る。

何であれ五人の侍は、五両の手間賃だけで働かせる。盗んだ金の分け前はない。五人は知らぬ者同士だから、共謀して逃げることはないとの判断だろうが、何があるかは分からない。だから鮒吉は犯行現場を見ていたのではないかとの考えだ。

「ならば何としても、次の押し込みの企《くわだ》てを事前に摑まなくてはならない」

という気持ちになっていた。押し込む者だけでなく、周辺に潜《ひそ》んでいる指図役や見張りの者たちまで捕らえなければならない。

これまでの押し込みならば、賊の一人を捕らえれば、芋づる式に仲間が浮かび上がってきた。動きを見通すことができたのである。けれども今回は、それができないから厄介だ。

昼五つ半（午前九時）あたりになって、鮒吉が姿を見せた。これまでと着物が違っていた。紺色の弁慶縞《べんけいじま》だ。

後をつけた。迷いのない足取りで進んでゆく。神田川沿いに出て西へ向かう。お城の反対側へ出た。

辿り着いた場所は、四谷大通りだった。行き過ぎる人や荷車は多い。西の彼方に、富士のお山が見えた。

大木戸に近いあたりに地蔵堂があった。そこの脇に、鮒吉は立った。誰かが現れるのを待っている。左右に目をやった。

その姿を、山野辺は離れたところから見つめた。

すると少しして、二十二、三歳とおぼしい部屋住みふうの侍が現れた。地蔵堂の前で立ち止まると、建物の脇へ行って鮒吉と向かい合った。

「あれは」

山野辺は息を吞んだ。次の押し込みに関わる者だと感じたからだ。

「別れた後で、捕らえてしまおう」

と考えた。どこまで話すか分からないが、やつらの狙いが分かるだろう。また部屋住みふうの侍に、犯行に加わることをやめさせることもできる。

ただ部屋住みふうを捕らえたことを、鮒吉に気づかせてはならないと考えた。計画を変えられてしまうかもしれない。

話が済むのを待った。

大通りは旅人ばかりでなく、荷車や荷馬、駕籠などの行き来もある。振り売りも出ていた。

長い立ち話ではなかった。鮒吉が何かを伝えたような印象だった。用が済んだらしい二人は、東へ向かって歩いて行く。

少し行って、侍だけ右折した。どちらも挨拶はしなかった。

鮒吉は、別れた侍の後ろ姿をじっと見つめていた。動かない。

「あやつめ」

舌打ちが出た。このままでは、侍を見失ってしまう。

焦った。かまわずつけたいが、鮒吉は自分を知っているのではないかと山野辺は思った。

ならばつけられない。

「くそっ」

鮒吉が見送るのをやめてその場から離れたときには、部屋住みふうの侍の姿は見当たらなかった。二百石程度の直参の組屋敷が並んでいるだけだった。

歩いてきた若い新造に問いかけたが、すれ違っただけで行き先など分からないと告げられた。

仕方なく山野辺は、鮒吉をつけることにした。今度はお城の南側へ向かい、汐留川河岸へ出た。

行った先は、築地上柳原町《かみやなぎはら》だった。江戸の海に面した町である。ここにある磯浜《いそはま》という船宿だった。入口の格子戸を開けて、店のおかみと何か話をしている。用はすぐに済んで出てきた。そのまま黒須屋へ戻った。

山野辺は築地へ戻って、船宿へ顔を出した。

「舟を昼から夕刻まで貸してくれと言われました」

古い舟を半日百文で貸すという。今日初めてやって来た客だそうな。

「名は何と名乗ったのか」

「桜田久保町《さくらだくぼ》の蠟燭職、藤田《ふじた》屋の忠作《ちゅうさく》さんだとおっしゃいました」

鮒吉は商人には見えないが、職人とすれば通るかもしれなかった。偽名を使ったのは、重要な役目を果たすからだ。

半日の借り賃は、すでに払っていた。借り賃の他に一両の預かり金を払うことで、初めての者にも舟を貸すのだとか。

返されなくても損はないという計算か。

「その日はいつか」

山野辺は興奮を抑えながら訊いた。

「三日後の九月十四日です」

襲撃先は分からないが、日にちはそれだと考えた。気持ちは逸《はや》るが、まだ日にちはある。

「もう少し調べよう」

と山野辺は逸る気持ちを抑えた。

六

翌日、橋本は杉尾と共に銭の値を調べるために今日も町へ出た。両替屋の店の前に立って、橋本は声を上げた。

「一両が四千二百二文になっています」

高い声になった。

「おお、まことに」

杉尾も声を上げた。買値が四千二百八十五文だったから、五十両で四千百五十文の利が出たことになる。

「七日間寝かしただけで、ほぼ一両でございます」

信じられないといった口調になった。一両を稼ぐことがどれだけたいへんか、微禄の家に生まれた橋本はよく分かっていた。

大きな気持ちの昂《たかぶ》りがある。初めて味わうものだ。

「今月中には、三両や四両まで行きそうですね。もっとかもしれませぬ」

「そううまくいけばよいが」

「これから新米が、続々と江戸に着きます。米の値は、上がりませぬ」

「それを見て、町の者は銭を使うか」

二人は熊井屋へ行った。今後の展望を、房太郎から聞くつもりだった。

ところが先客がいた。黒須屋の久萬吉である。用心棒市城の姿が見えなかったが、少しして店の奥から出てきた。厠を借りていたらしかった。

二人は橋本と杉尾に一瞥を寄こすと店を出ていった。

「黒須屋さんは借金の形《かた》に、どこかの家を取り上げたようです」

それにまつわる両替らしい。

「ほう、人を泣かせたわけだな」

「小判も小粒も、あればあるだけの価値があります」

房太郎は相変わらず、商いとして金銭を捉《とら》える。とはいえ、決まりを破るようなことはしない。

「先日も、あの者の顔を見たぞ」

「儲かっているからでございましょう」

何ということもない、といった顔だ。熊井屋も、扱う金額が大きくなった。

「久萬吉さんは囲碁《いご》好きで、先日はおとっつぁんと、奥で一局打っていました」

結果は房右衛門が勝ったとか。

「囲碁の話など、したのか」

「どうやらしたようで」

そういえば砂蔵も久萬吉も、町の者には無愛想ではなかった。房太郎は、商い以外には関心がない。碁を打った房右衛門も、久萬吉の裏の顔など予想もしないだろう。

それから橋本と杉尾は、いきなり跳ね上がった銭の値について話を聞いた。

「私は、さらに買い増しをしようと考えているくらいです」

まだ買えると言っていた。

「ここのところ、銭は安すぎました。一両は四千文が妥当です」

「なぜ安くなっているのであろうか」

「政《まつりごと》のせいかと思います。皆が倹約をして銭を使わない、贅沢をしないとなれば、大きな銭の流れは起きません。商いは萎《しぼ》みます」

「なるほど」

「質素倹約、贅沢をさせないというのが、今のご公儀のやり方です」

房太郎は、定信の政策を批判している。ただそれが緩んできたと告げていた。商家の店先には、贅沢品が並ぶようになった。

「ご公儀は、何の手も打っていません」

そのあたりも、房太郎は考えに入れていた。このままならば、銭の値は上がる。

昼過ぎ、植村は命じられて喜世と共に、麹町三丁目の助惣《すけそう》の麩《ふ》の焼《やき》を求めに出かけた。出産を控えて、京が食べたいものが折々変わる。

食べたいものは食べさせるようにと、正紀からも告げられた。

「腹に子ができると、食べたいものが変わるのですか」

「そうですね。好物だったものが食べたくなくなったり、気にも留めていなかったものが食べたくなったりします」

「助惣の麩の焼は、珍しい菓子なのですか」

植村が尋ねる。今尾藩邸にいたとき、名だけは聞いたことがあった。

「いえ、麴町あたりの名物で、町の者が食べます」

小麦粉をこねて薄くのばし、餡《あん》を包んで焼いたものだとか。京は贅沢な上菓子《じょうがし》も食べるが、町の者の菓子も喜んで食べる。今はそれを食べたいらしい。

「そろそろ出産も、間近に迫ってまいりました」

喜世は言った。無事の出産は、高岡藩すべての者たちの期待を背負っている。

「ご不安もあるようで」

どのような不安なのかは、植村には見当もつかない。姉に当たる孝姫は、すくすくと育っている。

「跡取りの若子《わこ》様ならば、よいのですが」

「そうとは限りません。母子《おやこ》が共にお元気ならば、よろしいのでは」

軽い気持ちで口にしたつもりだが、喜世の返事は思いのほか強いものだった。

「それはそうですな。いざとなれば、孝姫様が婿を取ればいい」

言った後で考えた。子どもを奪われた喜世にしてみれば、男児であろうと女児であろうと、愛おしさは変わらないということだろうか。話題を変えた。

「では麩《ふ》の焼《やき》は、そなたも好物で」

麴町ならば、栗原屋敷からは遠い場所とはいえない。

「はい。でも弟の文之助が喜んで食べておりました」

甘いものが好きで、と姉らしいことを口にした。

「あの子は、私には両親や兄には言えないことを話しました」

そう言ってから、少し不安げな顔になった。

「今頃は、何をしているのでしょう」

と呟いた。跡取りの祝言が決まって、話が進んでいる。出戻りの喜世にしても、婿の口がない文之助にしても、家の様子はこれまでと変わってゆく。

喜世の案じ顔を目にして、植村は少し胸が痛くなった。喜世と話をしていると、これまで感じたり思ったりしなかったことが、胸の中を駆け巡る。

ただ喜世が案じている文之助は、不穏《ふおん》な雲行きになっていると植村は感じた。はっきりしないので胸に仕舞《しま》っていたが、正紀らに話してもいいのではないかと考えた。

七

その日の夕刻、正紀は杉尾と橋本から銭相場の報告を受けた。この場には、佐名木と井尻、源之助と植村もいた。

「房太郎殿は、買い増しを考えているようです」

橋本の口ぶりは、買い増しを勧めていた。

「しかしもう、だいぶ上がっておるからな」

井尻は、慎重派だ。とはいえ、売ることまでは考えていないようだ。

一両は四千文程度が妥当だという房太郎の意見は、正紀ももっともだと考える。銭《せん》貨《か》が金貨や銀貨に比して安いのは、定信の施策のせいだ。三貨はおかしなことをしなければ、正常な値に戻る。

房太郎の判断を、信頼していた。しかし相場は生き物だという気持ちもあった。

「今は、慌てて金子が欲しい状況にはない。このままでよかろう」

「ええ。売り時を考えればよいのでは」

正紀の言葉に、佐名木が返した。

そこへ山野辺が訪ねてきた。ここまでの調べの様子を伝えてきたのである。

「鮒吉の動きを摑めたのは何よりだ」

話を聞いた正紀はねぎらった。

「舟を借りたのは、前と同じですね」

「それで押し込みの場を見ようとするのに違いありません」

源之助の言葉に、橋本が続けた。

「危ないとなったら、己だけ逃げるのでござろう」

井尻は気持ちを面《おもて》に出すことは少ないが、言葉には腹立たしさが滲んでいる。

「となると、押し込みの日は十四日の正午過ぎとなるな」

「そうなるが、押し込み先が分からぬ」

正紀の言葉に、山野辺が返した。

「押し込みをなす者の手立ては、済んでいるのであろうか」

正紀はそれも気にかかる。また新たな若い侍が、押し込みの仲間にされてしまうのか。

「小禄の家の次三男は、五両の金高を告げられたら、心を動かす者はいるかと存じます」

「一刻半で済むというのが、曲者《くせもの》です」

杉尾の言葉に、橋本が続けた。

「前になした者も、加わるかもしれませぬ」

源之助が言った。前回川路屋へ押し入って、まだ捕らえられていない者が二人いる。

ここで植村が、戸惑いがちの様子で口を開いた。

「実は、気になっていることがあります」

「何か」

一同が顔を向けた。

「昨日のことでございます。四谷大通りに出ましてございます」

勝手に出向いたことだから、言いにくいようだ。

「かまわぬ、申せ」

「栗原家の喜世殿には、文之助なる弟がござる」

「ああ、おいでですな。気持ちのよさそうな御仁です」

源之助が受けた。

「実はそれがし、栗原家のことが気になり、様子を見に参りました」

「文之助と会ったのか」

「そうではありませぬ。文之助殿にまつわる話を周辺の屋敷で聞きました」

四谷大通りを三十歳前後の破落戸ふうと歩いているのを見た者がいたという話だ。

文之助はそのような者と付き合うような人物ではないと続けた。

一同は息を呑んだ。誰も言葉には出さないが、文之助が賊の仲間になったのではないかと考えている。

「その破落戸だが、柿渋の子持ち縞の着物だったのか」

正紀は確かめた。

「どうも、そうではなかったようで」

「ならば、違うのでは」

橋本が返した。そう考えたいところだ。

けれどもここで、山野辺が口を開いた。厳しい眼差しだ。

「昨日四つ（午前十時）過ぎあたりになるか、鮒吉を追っていたときのことだが、あやつは築地へ行く前に四谷大通りへ行きおった」

聞いた一同は、はっという顔で山野辺に目をやった。

「文之助殿を見かけたのも、その刻限頃であったと」

植村が掠れた声で言った。山野辺は大きく頷いてから続けた。

「鮒吉は大木戸の手前にある地蔵堂で、部屋住みふうの若侍と会って話をした」

「……………」

「その日鮒吉は、柿渋に子持ち縞の着物ではなかった」

紺に近い色だと付け足した。

「そうなるとやはり、文之助殿には鮒吉の息がかかっているのではないかと」

植村が言った。断定はできないにしても、その虞《おそれ》は大きい。

「跡取りの兄が祝言を挙げまする。居場所がなくなるのではという鬱屈《うっくつ》が、あるものと存じまする」

「そうか」

話を聞く限りでは、正紀も文之助が一味に加わるのではないかと考えた。

第五章　五両の意味

一

「文之助を罪人にするわけにはまいるまい」

正紀は言った。もちろん、他の押し込みに関わる者たちもだ。

「襲撃の直前まで、何をするのか知らない者たちだからな」

気づいたときには逃げられない。

「しかしすでに押し入ってしまった者もいます」

源之助が言った。

それを考えると無念だった。川谷や澤橋のことがある。だが文之助は、罪を犯していなかった。そういう者はいるだろう。

またこれ以上、罪を重ねさせないようにすることはできる。

「はっきりしたのが、押し込み前でよかったではないか」

喜世の顔を思い浮かべながら正紀は言った。

乱れがちな京の心を、喜世は支えてくれていた。京は好き嫌いがはっきりしていたが、それは関わる相手の心情を嗅覚《きゆうかく》で嗅《か》ぎ分けられるからだと思っている。京を心の面で支えてくれている者ならば、その親族を捨て置くわけにはいかない。

「直《じか》に、当たってみようぞ。何があるかは分からぬが」

正紀が言うと、腹を決めたように植村が頷いた。

そこで正紀は、山野辺と植村を伴って、四谷の栗原屋敷へ赴《おもむ》いた。大通りから横道に入ると、人気《ひとけ》のない武家地になった。塀の向こうに、まだ青い柿の実がなっているのが見えた。

家人には話を聞かせないつもりで文之助を呼び出した。屋敷から離れたところで向かい合った。

「何事でしょうか」

文之助は平静さを装《よそお》っているが、どこかに怯《おび》えがあった。

「明後日《あさって》十四日の昼過ぎだが、ちと我らに付き合ってもらいたい」

植村が言った。文之助は困惑の顔をした。

「その日は、ちと」

この言葉を聞いて、正紀は押し込みの仲間になろうとしていることを確信した。聞いていた他の二人も同じだろう。

「どのような用があるのであろうか」

植村が訊いた。責めるような口ぶりにはなっていなかった。植村は喜世の役に立ちたいと思っている。

もちろん、文之助にも好感を持っているらしかった。

植村との付き合いは長いが、他の者のためにここまでする姿を、正紀は目にしたことがなかった。正紀の命令は聞いたが、自ら進んで何かをすることはなかった。

どれほど長く付き合っていても、知らなかった一面が人には潜《ひそ》んでいる。驚きだった。

「それは」

文之助は答えられない。

「もう五両は受け取ったのか」

植村の口調が、わずかに強くなった。

「えっ」

文之助の顔が歪んだ。五両の意味に、気づいた顔だった。

「喜世殿は、このことを知らぬ」

植村の言葉で、文之助の目に涙の膜ができた。

「しかしな、まだ間に合う」

植村は続ける。ここからは、正紀や山野辺が思案した筋書きだ。

「そなたを嵌《は》めようとして声をかけてきた者や指図をした者には、黒幕がいる」

「………………」

はっとした表情になった。思い当たることが、あるのかもしれない。

「そやつを捕らえねば、そなたらは知らぬ間に悪事に加えさせられる。考えてもみろ。一刻半の仕事で五両になるなど、まともなことであるわけがない」

「それは」

「指図した者は、川路屋や南部屋の押し込みを企《くわだ》てた者だ」

「まさか」

文之助の声は掠れていた。

「そなたは押し込みをさせられる」

「ううむ」

決めつけられて驚いた様子だが、それは悪事に加担させられることについてではなさそうだ。植村がその件について知っていることに、動揺したのだと察せられた。

「集まったところで舟に乗せられて、そこで初めて行き先を伝えられる。そのときには、もう引き返すことはできぬ」

文之助は体を震わせた。それが答えだった。

ここで初めて、正紀が声を出した。

「我らに力を貸せばよい。それで喜世も栗原家も守ることができる」

「な、何をするのでしょう」

文之助は震える口調で言った。

「向かう場所は、知らされていないな」

「はい」

「事をなす日は、十四日でよいのだな」

「そう告げられました」

「集まる刻限と場所はどこか」

「それはまだ」

伝えてくるのは直前の明日だとか。知らせがあるまで、屋敷にいろと告げられている。

「では伝えられたならば、すぐに知らせるがよい。気づかれぬようにな」

見張る者が、いないとも限らない。

「はっ」

「そしてその方《ほう》は、何事もないように仲間に加わればよい。頃よしとしたところで、我らが出る。それまでは何があっても、人を傷つけてはならぬ」

押し込んだ者たちを捕らえるのが目当てではない。その奥にいる者を捕らえることが真の目的だと話した。

「背後の者が現れたとき、こちらに力を貸せばよい」

「はっ。命懸けでいたします」

「それでよかろう。姉や栗原家の者には、その方は首謀者の捕縛に力を貸した者として伝えられる」

「あ、ありがたき」

文之助は頭を下げた。

夜になって正紀は、京の部屋へ行く。

まずは大きくなった腹を、手で撫でた。温《ぬく》もりの中に、これから生まれようとする命の気配を感じた。

「動いたぞ」

その気配を、さらに指先で追った。

文之助の話を伝えた。

「喜世が悲しまないで済むなら何よりです」

聞き終えた京は返した。穏やかな表情だ。

喜世は明るい女子《おなご》ではないが、精いっぱいやる。相手の身になって考える。だから他の侍女たちからの評判も、よいそうな。

「たまに植村の話をします」

「ほう」

「体が大きいので、二人でいると親子のようだと言いました」

喜世は小柄だ。

「なるほど。後ろから見たら、夫婦には見えぬかもしれぬな」

「植村の話をしているときは、表情が和《なご》みます」

「そうか」

「まんざらではないようです」

「では話を進めてよいのか」

「ただ喜世には、何かこだわっていることがあるようです」

そこを踏まえないと、すっきりとはしないらしい。

「植村は、それが分かっているのであろうか」

「さあ」

植村も、喜世に気持ちが動いているのは間違いない。文之助に対する言動を見ていれば分かる。

とはいえ植村は不器用だ。そこが気になるところだ。

「おや、また動いたぞ」

指先に、その感触があった。すでに産着《うぶぎ》の用意もできて、京の出産の準備は万全だ。

「男児でも女児でも、どちらでもよいぞ」

正紀は京の大きな腹を撫でながら言った。

そして翌日の昼過ぎ、栗原家の下男の老人が高岡藩上屋敷に文を持ってきた。

『明日昼九つ半(午後一時) 鉄砲洲稲荷《てつぽうずいなり》脇の船着場』

文にはそれだけが記されていた。市中では知らぬ者のいない、海に面した稲荷だ。その隣に船着場があるのは、正紀も知っていた。

「その後、どこへ行くのでしょうか」

植村が言った。鉄砲洲から、そう遠いところとは思えない。

二

十三日の朝五つ(午前八時)、杉尾と橋本はこの日も銭の値を調べに町へ出た。高岡河岸を利用する新しい商家を探すよりも、こちらの方に気持ちが向いている様子だった。

この日は一両が四千百九十文になっていた。

「これはすごい」

「うむ。これから先、どうなるのだろうか」

橋本の言葉に、杉尾が返した。

そして熊井屋へも足を向けた。

店が見えるところまで来て、橋本は言った。店から、見覚えのある侍が出てきたところだった。

「おや」

「あれは、玉坂ですね」

「うむ。そうだが、この前は黒須屋の二人が来ていたな」

「ええ、その前には鮒吉がこのあたりにいたことがあります」

「ちと熊井屋に来るのが多くはないか」

「そうですね」

店に入って、房太郎に尋ねた。

「両替に見えたのです」

「高額だったのであろうか」

「それほどではありませんが」

具体的な額は口にしない。ただ三貨の両替は、額の多寡《たか》にかかわらず、その折々に必要だ。両替屋にしてみれば手数料が入るわけだから、客は歓迎する。

また相手が誰であれ、客に関することは口外しない。徹底しているのは、いかにも房太郎らしい。

「銭は、まだ上がります」

その言葉を聞いて、杉尾と橋本は引き上げた。

文之助からの文を読み終えた。正紀は、山野辺に急ぎ使いをやって藩邸に呼び出し、佐名木や井尻、源之助や植村を交《まじ》えて話をしていた。そこへ杉尾と橋本が帰ってきた。

正紀他一同は、銭の値の報告を受けた。

「四千文ほどになったら、手放してよいのではないでしょうか」

井尻が言った。それならば、三両ほどの利益となる。

「この分ならば、そう先ではないでしょう」

と続けた。佐名木も頷いている。

「まあそれでよかろう」

正紀は返した。そして橋本が、熊井屋で玉坂と会った話をした。

「どうも、不思議な気がします」

橋本は言った。

「何がか」

「この前は、黒須屋の久萬吉と用心棒の市城を見かけました」

久萬吉は両替を頼んでおり、市城は厠を使っていた。すると植村も口を開いた。

「熊井屋の近くに鮒吉がいたと橋本が話していました」

「おっしゃる通りです」

橋本が受けた。

「偶然にしては、多いな」

「はい。店の様子を探っているようにも見えます」

正紀の言葉に、源之助が応じた。

「まさか」

杉尾が、一同の顔を見回した。

「いや、ありえる話だぞ。あそこの商いは、うまくいっている」

山野辺が返した。誰もが、承知のことだ。

「両替商ですから、もともと三貨はすべて揃えているでしょうからね。それもそれなりの量を」

「合わせれば、百両を軽く超すのではないでしょうか」

植村と橋本が続けた。

「やつらがそう踏めば、狙うだろう」

と佐名木。久萬吉と市城は、建物の奥にも入っているわけだからなと言い足した。

久萬吉は房右衛門と碁を打った。市城は厠を使っている。

「建物の中を検《あらた》めていますな」

井尻が、ぞっとした顔になって告げた。

「出入りをしているわけだから、銭箱にどの程度入っているか見当がつくであろう」

「鉄砲洲脇の船着場から向かうにも、都合がよさそうです」

正紀に返した植村の言葉には、力がこもっていた。

「黒須屋のある堀留町と熊井屋がある本町三丁目は、目と鼻の先です。久萬吉や市城、鮒吉には土地鑑《とちかん》があることでしょう」

源之助が続けた。

「砂蔵あたりも、様子を見に行きますな」

これは井尻だった。

「ならば、我らも備えよう」

「はっ」

「捕らえるのは、押し込みの襲撃者ではない。襲わせる者たちだ」

憎いのはそちらだ。

「こちらも、舟の用意をいたします」

杉尾が言った。

翌朝、いよいよ押し込みがあると見做《みな》している日となった。晴天の秋日和《あきびより》だ。

正紀は山野辺の他、関わっていた源之助ら家臣と共に、それぞれの役割を確認した。

源之助と植村は、舟を使って鮒吉の動きを追う役目だ。築地上柳原町の船宿磯浜へ向かう。

こちらが使う舟の手立ては、昨日のうちに済ませていた。

杉尾と橋本は、別の舟で賊たちをつける。襲撃先が、熊井屋ではないこともありえるからだ。

正紀と山野辺は、熊井屋の向かいの薬種屋《やくしゅ》に潜む。

逃走経路を検討した。押し込みにあたって、乗り込む舟は西堀留川《にしほりどめがわ》河岸に置くだろうという想定だ。

西堀留川は日本橋川から入って、鉤形《かぎがた》に曲がる。その奥の伊勢町《いせちょう》堀あたりと察せられた。

「押し込みの場には鮒吉は行くにしても、玉坂や黒須屋の者たちは向かわないのではないか」

　という判断もあった。

「指図する者たちは、怪しまれることは一切しないからな」

「まことに。卑怯者だから、汚れ仕事は人にやらせる」

　正紀の言葉に、山野辺が応じた。源之助と植村、杉尾と橋本は、すでに屋敷を出ていた。

「では、参ろう」

　出かけようとしたところへ、睦群から正紀のもとへ急ぎの文が来た。

「何だ」

　急ぎの面倒な仕事を押しつけられるのはたまらない。しかし封を切らないわけにはいかなかった。

「おおっ」

　読み始めて声が出た。佐名木や井尻にも読ませた。

　文の中身は、定信が改めて奢侈《しゃし》禁止の触《ふれ》を出すというものだった。

「此度《こたび》のものは、腰を据えてやるようですな」

「さよう。贅《ぜい》を尽くす者は、捕らえて処罰するとあります」

佐名木と井尻が続けた。定信は、やると決めたならば、徹底してやるだろう。地獄耳の睦群が仕入れた情報ならば、間違いない。

「そこまでは仕方がないが、それだけでは済まぬぞ」

正紀は言った。

「町の者は、銭を使わなくなりますな」

消費が低迷するという話だ。

「すると銭の値は下がりますぞ」

佐名木の言葉に、井尻がすぐに反応した。

「ううむ」

すぐにも動きたいところだが、今はそれどころではない。

三

源之助と植村は、正午には築地上柳原町にある船宿磯浜の近くに着いていた。貸出予定の舟はまだ出されていない。

やや離れたところから、磯浜の船着場へ目をやった。

追跡用の小舟は、いつでも漕ぎ出せる。鮒吉が現れるのを、待つだけだった。

「来ますかね」

「必ず来ます。そうでなければ、やつの役割はありません」

植村が断言した。植村が自信を持ってものを言うのは珍しいので、源之助は少し驚いた。これも喜世の影響か。

待っている間、海からの風が心地よい。彼方に佃島《つくだじま》が見える。

「おお、来ましたぞ」

植村が小さな声を上げた。菅笠を被った鮒吉が現れた。顔を布で覆ってはいない。

船宿に声をかけ、舟に乗り込んだ。艪《ろ》の音を立てて漕ぎ出た。植村が漕ぐ舟が、やや間を空けてから船着場から離れた。

陸に沿って霊岸島方面に向かう。着いたのは、鉄砲洲稲荷脇の船着場だった。まだ侍たちはいない。鮒吉は物陰に潜んだ。

橋本と杉尾は、鉄砲洲稲荷の境内《けいだい》にいる。船着場近くで植村が漕ぐ舟は停まった。樹木の間から、橋本らの姿が見えた。源之助が小さく手を振って、ここまで来たことを伝えた。

佃島へ行く漁師の舟が、海上へ出ていった。

その艪の音が聞こえなくなった頃、菅笠を被った草鞋《わらじ》履きの部屋住みふうの侍が現れた。

すると待ち合わせでもしていたかのように、次々と四人の菅笠を被った侍が現れた。

「あれが文之助殿ですね」

橋本が言った。顔は知らないが、ここへは紺絣《こんがすり》の着物を身に着けてくるという話になっていた。

五人は集まったが、そこで話をするわけではなかった。よそよそしい印象で、知らない者同士と見えた。

鮒吉が姿を現した。集まった侍の中の一人に声をかけて、少しの間話をした。他の者は、近くに寄って話を聞いていたが、何かを言う者はいなかった。

侍たちは、舟に乗り込んだ。橋本と杉尾は、稲荷の裏手にある船着場へ回って、用意していた舟に移った。

五人を乗せた舟は、亀島《かめじま》川へ入った。すれ違う荷船もあったが、船頭が気持ちを向けた気配はなかった。

そして鮒吉の舟は、亀島川とは別の八丁堀に入った。橋本と杉尾は、五人を乗せた舟を追う。

どちらの経路でも、西堀留川へ入ることができた。

正紀は山野辺と共に本町三丁目へ行ったが、熊井屋には入らない。店先に貼ってある貼り紙で、今の銭の値を知った。一両が四千百七十文をつけている。

今売るのが妥当だと思うが、それはできない。

熊井屋の向かいにある薬種屋には山野辺が話をつけていて、二人は裏手から店に入った。

二階の一間を借りている。そこから熊井屋と周辺の道を見張った。

昨夜正紀は、山野辺と共に、目立たぬように裏口から熊井屋を訪ねた。賊が襲う可能性が高いことを伝えた。

「ま、まさか」

房右衛門とおてつは、顔色を変え背筋を震わせた。凶悪な押し込みの話は耳にしているからだ。房太郎も怯えたが、反応は違った。

「ならば今夜のうちに、金子を持って逃げます。襲ったところを捕らえてください」

と言った。

「いや。それでは、押し入った者を捕らえるだけだ」

「いいではないですか、それで」

房太郎は、当然のことではないかといった顔だ。

「いや。そうではない」

実行犯を捕らえるだけでは意味がないことを、正紀は伝えた。

「では櫛淵様や黒須屋さんは、うちを探っていたというわけですか」

「そう見るのが自然だろう」

「やつらを捕らえるには、玉坂か久萬吉に、奪った金子を持たせなくてはならない。そこを捕らえるのだ」

正紀の言葉に、山野辺が続けた。

「話は分かりました」

房太郎は、愚かな者ではない。事情は察したらしかった。

「ああ」

房右衛門は肩を落とし、嘆《なげ》きの声を漏らした。櫛淵も黒須屋も、熊井屋の顧客だった。

「では、金子をいったんは奪わせるわけですね」

房太郎も驚いただろうが、動じてはいなかった。

「よいか。その方らは、一切歯向かってはならぬぞ」

歯向かわなければ殺されることも、傷つけられることもないと踏んでいた。川路屋で隠居が殺されたのは、賊にしがみついて逃げるのを邪魔したからだと聞いていた。南部屋では、怪我人はなかった。

「もし金子を本当に奪われてしまったら、どうなりますか」

房太郎は、ここが一番気になるところらしかった。絶対にないという話ではないからだ。

「そうはさせぬ」

山野辺が答えた。

「万一ということがあります」

房太郎がきっぱりと返す。

「百三十両ほどがあります。万が一奪われたならば、高岡藩から返していただけますか」

「ううむ」

これには仰天した。正紀は山野辺と顔を見合わせた。高岡藩の金を担保にするという話だ。

房太郎は、ただでは転ばなかった。

「仕方がない」

正紀は頷いた。房太郎はそんな日でも、朝のうちに店を出ていったとか。薬種屋の手代から聞いた。

物の値を確かめに行ったのに違いない。

そして正紀らが見張りを始めたところで、房太郎は慌てた様子で戻ってきた。そしてすぐに銭の値の貼り紙を出した。

『一両　四千二百文』

というものだった。半日足らずで、三十文下がったことになる。

「定信の触《ふれ》が出されたわけだな」

「房太郎のやつ、さすがに素早いな」

正紀の言葉に、山野辺が応じた。そして少しして、菅笠を被った草鞋履きの侍五人が店の前に立った。菅笠の下の顔には、皆布を巻いていた。

「来たぞ」

押し殺した声で、山野辺が言った。

五人が店の中へ入った。正紀と山野辺は二階から下りた。

外から見ている限り、熊井屋で何かが起こっているとは感じない。叫び声も聞こえなかった。

掌《てのひら》に湧き出た汗を、正紀は袴《はかま》にこすりつけた。

それからさしたる間があったわけではなかった。五人の菅笠の侍が、店の中から飛び出してきた。

一人が重そうな合切袋《がっさいぶくろ》を胸に抱いていた。刀を抜いたままの者はいない。五人は伊勢町堀の河岸を目指して駆けてゆく。

「盗人だ」

ここで房太郎が声を上げた。

「な、何だ」

叫びに気づいた近所の者が、恐る恐る店を覗く。五人の菅笠の侍が店に入り、そして逃げてゆく姿を目にした者は多かったはずだ。

正紀と山野辺は、五人を追った。

逃げた五人は、舫《もや》ってあった舟に乗り込んだ。船着場にいた者は、五人を賊だとは気づいていない。

五人を乗せた舟は、水面に滑り出た。煙草を吸ったり、話をしたりしている。

正紀と山野辺も、舫ってあった舟に乗り込んだ。水面を滑る舟を追った。潜んでいた杉尾と橋本が乗る舟も、追跡に加わった。

四

熊井屋から逃げ出した五人の侍の舟が辿り着いたのは、鉄砲洲稲荷脇の船着場だった。このときには、顔に巻いていた布は取っていた。

五人が舟から降りたところで、離れた場所からその場面を見ている。つけてきた正紀らは、鮒吉が近寄った。鮒吉は、先に戻っていたようだ。

重そうな合切袋を抱えた侍に近づいた。

何か話しかけてから、その合切袋を受け取った。

そして一人ずつ、小判を包んだ半紙の包みを鮒吉は与えた。何かを言うわけではなかった。

すぐに用意していた舟に乗り込んだ。

「はて。ここで奪った金子を、玉坂や久萬吉に渡すのではないのか」

川路屋のときは、侍たちを引き取らせた後で、永代河岸で渡した。

手渡したところで踏み込むつもりだった。気負い込んでいた山野辺は、わずかに拍子抜けした様子だ。

「今回は、より慎重にしたのかもしれぬぞ」

正紀は返した。鮒吉は自ら漕いで、その場から離れた。押し込んだ五人は船着場を離れ、河岸の道に出た。

鮒吉が乗った舟を、正紀と山野辺が追った。

船着場を離れた五人は、稲荷の前の道に出て別れる様子だった。源之助はその前を、植村と杉尾、橋本の四人で塞いだ。

「その方《ほう》ら、このまま逃げたら押し込みの一味として捕らえられるぞ」

植村が叫んだ。巨漢だけに迫力があった。

「な、何だと」

侍のうちの四人が、腰の刀に手を添えた。何をしてきたか、こちらは知っていると察したのだ。

刀で切り抜けるつもりだ。

しかしここで紺絣の着物を身に着けた賊の一人が声を上げた。文之助だ。四人の逃げ道を塞ぐ形で立っていた。

「まさしくその通り。逃げてはなるまい。我らを利用した黒幕を、捕らえようではないか」

「………」

四人は驚いた模様だ。その声で、腰の刀から手を離した者がいた。明らかに戦意を失っている。

「あの破落戸は、黒幕の手先だ。あやつの向こうに、本当の悪党がいる」

「うるさい」

そう言って刀を抜いたのは、合切袋を鮒吉に渡した侍だ。

「やっ」

打ちかかった侍の刀身を、文之助は抜き放った刀で払った。素早い一撃だ。しかし相手は、休まず刀身を振り下ろしてきた。

「何の」

文之助のさらなる一撃が、相手の体を袈裟《けさ》に斬り捨てた。

「うわっ」

叫び声と共に、血飛沫《ちしぶき》が上がった。その体が、前のめりに倒れた。

「さあ、追わねばならぬ」

植村が叫んだ。

「おお、そうだ。そういたそう」

文之助ではない、他の者が叫んだ。

「うう、そうだな」

それで残りの二人の腹も決まったらしかった。

「参ろう」

文之助ら四人は、乗ってきた舟に乗り込んだ。これに源之助と植村、そして杉尾と橋本が乗る舟が、水面に滑り出た。

鮒吉を乗せた舟が、永代橋方面に向かっている。それを正紀と山野辺を乗せた舟が追っていた。

艪の音が、きいきいと響いた。

鮒吉の舟は、永代橋を潜ってさらに進んだ。前回の永代河岸には近寄らない。

「どこへ向かうのか」

正紀は山野辺と共に追いかけた。

彼方に、新大橋の姿が近づいてくる。鮒吉の舟は、小名木川河口に近い万年橋下の船着場に停まった。

合切袋を抱いた鮒吉は、舟から降りた。正紀の舟は近づいてゆく。

その船着場に現れたのが、玉坂と久萬吉、そして市城だった。四人は向かい合った。

鮒吉は何か言ってから、合切袋を久萬吉に手渡した。

久萬吉は手で重さを量《はか》ってから、袋の口を広げて中を検めた。それから玉坂に差し出した。

受け取った玉坂は、袋の中に手を入れた。

ここで正紀と山野辺は、船着場に横付けにした舟から飛び降りた。正紀が声を張り上げた。

「盗賊の黒幕め、観念をしろ。それは熊井屋から奪った金子だ」

「何を言う。そのようなことは知らぬ」

玉坂が返した。

「そうだ、あらぬ言いがかりはよしてもらいたい」

久萬吉が続いた。

「言いがかりなどではない。我らは熊井屋から奪われた、その金子の入った合切袋を追ってきたのだ」

腰の十手を引き抜いた山野辺が叫んだ。

「何をぬかすか。熊井屋など知らぬ」

「言い逃れはできぬ。何よりの証拠は、その方らが熊井屋から奪った金子を、手にしているということだ」

今度は正紀が告げた。

「おのれ」

ここで玉坂と市城が刀を抜いた。玉坂が正紀に一撃を振るってきた。山野辺には、市城が斬りかかった。

刀身がぶつかり合う二つの音が、船着場に響いた。

正紀は玉坂の一撃を躱《かわ》した後で、後ろに身を引いた。この場には争う玉坂と市城の他に、久萬吉と鮒吉がいる。この者たちを逃がさないために、河岸の道に通じる場所を塞ぐ形に身を置いたのだ。

斬り合いを避けて船着場の外に出るのは難しい。

追って前に出てきた玉坂は、切っ先を突き出して、正紀の喉を狙ってきた。勢いがついている。

ただ攻め急いだらしかった。向かってくる角度に無理があった。斜め前に出てこれを払った正紀の動きについてこられなかった。

二人の体がすれ違った。玉坂の攻めは無駄な一撃に終わったわけだが、そのままにはしなかった。

振り向いて、瞬時に足固めをすると、次の太刀《たち》を振るってきた。斜め上から、二の腕を狙ってくる動きだった。

先の一撃には、明らかな焦りがあったが、今度は違った。瞬《また》く間に、気持ちを入れ替えたらしかった。

無駄のない、確かな動きになっていた。

とはいえ、完璧な攻めにはなっていなかった。慎重になった分、動きが鈍《にぶ》っていた。

正紀は前に踏み出した。迫ってきた刀身を撥ね上げると、肘を打つ一撃を繰り出した。いけると思ったが、切っ先が突いたのは宙だった。

相手は斜め後ろに跳んで身構えていた。

目と目が合った。向けられてくるのは、憎悪の目だ。こちらは相手の目論見《もくろみ》を砕こうとしている。

だが腹を立てるのは筋違いだ。討たれるのは、相手の方だ。

「たあっ」

正紀は打ちかかった。耳から首筋にかけての一撃だ。相手は迷わず前に出た。こちらの刀身を、撥ね上げようとしていた。

しかしその動きは、織り込み済みだった。

正紀はわずかに横に跳んで、前に出てきた小手を突いた。微《かす》かな手応えがあったが、相手は腕を引いていた。切っ先が右手の甲《こう》を掠っただけだった。

このとき船着場に、乱れた足音が響いた。

「殿っ」

源之助の声が聞こえた。追ってきた者たちの舟が、船着場に着いたのだと察した。

その気配は、玉坂も気づいたらしかった。明らかな動揺が、切っ先に表れた。正紀は踏み込んだ。

突き出された刀身を擦《こす》らせて、正紀は相手の肘を打った。切っ先から、骨を砕く気配が伝わってきた。

「ううっ」

呻いた玉坂は、手にしていた刀を落とした。

「この者を縛れ」

船着場へやって来た押し込みをした侍の一人に、正紀が命じた。

山野辺は、市城と対峙《たいじ》していた。市城は現れた侍の数には、心を乱したらしかった。後ろに下がろうとしたが、船着場では身動きもできない。

背後は水だった。

「うわっ」

やけくそになったように振り下ろした一撃は山野辺に撥ね返されて、逆に小手を打たれた。

そしてこの場から逃げようとした者は他にもいた。

舫ってある舟を使って川面に逃げようとした者だ。鮒吉である。

「待てっ」

追いかけたのは、植村だった。丸太のような太い腕で、鮒吉の肩を摑んだ。

「離せ」

手足をばたつかせたが、怪力の前ではどうにもならない。地べたに倒され、身動きできなくなった。

さらに逃げようとする久萬吉を、賊として加わっていた一人が捕らえた。久萬吉は、河岸の道に出て逃げようとしていた。

それだけではなく、物陰に隠れていた黒須屋砂蔵も捕らえることができた。これは、橋本の手柄だった。

「櫛淵内記はいませんね」

周辺を捜した源之助が言った。

「この場には、姿を見せなかったのでしょうな」

杉尾が返した。船着場にいた者で、捕らえそこなった者はなかったと付け足した。

山野辺は、捕らえた者たち及び押し込みに関わった者たちを南茅場町《みなみかやばちょう》の大番屋《おおばんや》へ連行した。

熊井屋では押し込んだ者たちに逆らったり歯向かったりする者はいなかった。正紀の指図通り動いたようだ。怪我をした者はいなかった。

金高を検めた。小判や五匁銀《ごもんめぎん》、小粒や一貫文《いっかんもん》（千文）の銭緡《ぜにさし》など、合わせて百三十両分ほどあった。

熊井屋へ行って、現場を検めた。金は素直に渡していたので、さして荒らされた様子はなかった。

房太郎がいて、正紀に会って真っ先に口にしたことは、押し込みのことではなかった。

「定信の奢侈禁止の触《ふれ》のことが広まっています。銭の値は、これから、ますます下がっていきますよ」

「ううむ」

「どうしますか」

と問われても、今はそれどころではなかった。正紀も源之助ら四人も、盗賊捕縛に関わっている。調べが済むまでは、離れられない。

五

山野辺が、大番屋の一室で問《と》い質《ただ》しをおこなう。三方は板張りで、天井《てんじょう》に明かり取りの窓があるだけの部屋だ。板の間に敷かれた藁筵《わらむしろ》は汚れていて、汗のにおいが染みついていた。赤黒い血痕も見受けられた。

正紀は同席した。

まず押し込んだ侍たちからだ。文之助は、押し込みの中に潜《もぐ》り込ませた山野辺の間者《かんじゃ》として扱った。

文之助の証言がなければ、一味を捕らえることはできなかった。

鉄砲洲稲荷脇の船着場を出た後で指図をしたのは、金の入った合切袋を鮒吉に渡した侍だった。他の者はついていただけだ。もちろんそれだけでも、襲われた方は恐怖を感じたことだろう。

その侍は、文之助が稲荷前で斬り捨てていた。あの後、近くにいた者が医者に診《み》せたが、重傷で尋問ができる状態ではないと伝えられていた。

「たぶん、もう無理かと」

土地の岡っ引きから伝えられた。

鉄砲洲稲荷前で、文之助の誘いを「そういたそう」と最初に受け入れた侍がいたと、山野辺と正紀は聞いていた。その侍に問いかけた。

「貝瀬市之丞と申す」

神妙だった。二十一歳、家禄四百石御幕奉行の家の嫡男だと聞いて魂消《たまげ》た。中堅旗本として、活躍できる立場だ。

そこまで魔の手が及んでいたのかと、正紀は胸が痛んだ。仲間に加わった顛末《てんまつ》を聞いた。

「祝言の決まった娘に、翡翠《ひすい》の珠簪《たまかんざし》を贈りたかった」

四両近い価格は、旗本家の嫡男でも出どころがなかった。そこに近づいてきたのが、主持《しゅうも》ちふうの侍だった。

「あの侍だな」

山野辺が、玉坂の顔を見させた。

「そうです」

玉坂錦之助に間違いなかった。貝瀬は自ら、前の川路屋襲撃にも加わっていたことを告げた。

「慙愧《ざんき》に堪《た》えぬものがありました」

と吐露《とろ》した。

「もちろん捕らえられた以上、声をかけてきた侍や指図した破落戸ふうは、拙者のことを話すとも考えた」

「もはや逃げきれないと悟ったわけだな」

「さよう」

正直だった。

「川路屋のとき、押し込みをすると聞いていたか」

「いや、川路屋に向かう舟に乗る直前に聞き申した」

歯向かう者がいたら、刀を抜けと告げられたという。

「驚いたが、あのときにはもう否《いな》やはなかった」

前金を受け取って、使ってしまっていた。一刻半の辛抱だと、己に言い聞かせた。

「押し込みの一人が、隠居を殺したのには驚き申した」

膝が震えたが、見ているだけで、どうすることもできなかったと付け足した。それが奪った金を合切袋に入れて持ち出した侍だった。

「それで終わりかと思いましたが、またあの破落戸が現れたときには肝《きも》が冷えました」

「脅され、逃げられなかったわけだな」

「そうです。取り返しのつかぬことをいたしました」

貝瀬は肩を震わせた。

「腹を切る覚悟はありまするが、貝瀬家がどうなるかが気になります」

と続けた。他の二人は、家禄百二十俵と九十俵の直参の家の次男と三男だった。玉坂と市城に声をかけられたのが始まりだった。この二人は川路屋の押し込みには加わっていなかったが、先月の南部屋の押し込みには加わっていた。

「押し込みだと知ったのは、待ち合わせの場に着いてからでござる」

どちらも前金を受け取っていた。玉坂と市城の役割は、こちらが予想をした通り、押し込みをさせるための捨て駒を探すことだった。

川路屋へ押し込んだ者は、鉄砲洲で斬られた侍と、自分の二人だったと貝瀬は告げた。

そして山野辺は、鮒吉への尋問をおこなった。

同時に、永代河岸で目撃していた子守りの婆さんを呼んで、面通しをしている。鮒吉が船着場にいた男に間違いないとの証言を得ていた。

「その方が、玉坂と市城が集めた者たちに指図をしたのは間違いないな」

「へえ」

金の受け渡しの場で捕らえられ、証人もいた。今さらじたばたすることはなかった。

「おおもとの指図をしたのは、誰か」

「櫛淵ってえ殿様と家来の玉坂、それに黒須屋の砂蔵と久萬吉だった」

鮒吉にとって、櫛淵や黒須屋とは、金以外の繋がりはない。庇うつもりは微塵《みじん》もない様子だった。

「市城は」

「おれと同じだ。銭で雇われた」

鮒吉と市城は、一度の押し込みで十両ずつ受け取った。

「指図をしたり、人を集めたりするだけでか」

「櫛淵や黒須屋の方が、汚ねえといえば汚ねえですぜ」

鮒吉は言い返してきた。鮒吉にしても市城にしても、首謀者ではない。

「久萬吉のやつが、声をかけてきたんです」

鮒吉は日本橋界隈で、博奕《ばくち》や強請《ゆすり》、たかりなどをして生きてきた。

「久萬吉のやつは、おれの過ごしようを見ていたらしい」

「使えるかどうか、見ていたわけか」

「そうじゃねえですか。あっしは食って生き残るためには、どんなことでもしてきましたからね」

水呑百姓の三男に生まれて、十三年前に江戸へ出てきた無宿者だ。

「これまでまともに食うことができてきた武家の次三男は、よく先の不安を話していたが、あっしにしたら甘《あめ》え話でしたね」

だから利用をすることに躊躇《ためら》いはなかったと付け足した。

「南部屋も、その方らの仕業だな」

「そういうことで」

櫛淵や黒須屋が企んでのことだと認めた。市城も、同様の証言をした。

「一回で十両というのは大きかった」

市城は言った。

「やりそうな者を探すのは、手間がかかったか」

「それほどではなかった」

まず目をつけた相手が、腕の立つ者かどうか確かめる。その上で、銭のためならば少々のことは仕方がないと考えるかどうか見極めた。

「どうやって見極めるのか」

「どれくらい、銭を欲しがっているかどうかといったところだな」

抱えている苛立ちの大きさも量った。汲《く》み取ったら、そこをくすぐる。

「境遇に同情するふりをしたり、恨んでいる相手がいたら、その恨みを聞いてやったりすればいい。容易《たやす》いことだ」

前金の額は、相手の必要度によって変えた。要は、相手を身動きできなくさせればいい。

「しかしな、奪った金子のあらかたを持っていかれるのだぞ。惜しいとは思わなかったのか」

「そりゃあ思ったがね。櫛淵家には家来衆がいる。おれや鮒吉を殺すなんぞ、わけのないことだろうさ」

文之助が鉄砲洲稲荷前で斬り捨てた侍は、旗本家用人の三男飯岡孫之助《いいおかまごのすけ》という者だと伝えた。貝瀬と飯岡の二人は川路屋と熊井屋、後の二人は南部屋と熊井屋という形で、二度ずつ襲わせたという。南部屋へ押し込んだのは澤橋ともう一人いたが、その者は犯した罪に耐えかねたのか、自ら命を断っていたらしい。

砂蔵と久萬吉も、船着場で捕らえられたわけだから、犯行についてはすぐに認めた。

「櫛淵様と繋がっていると、なかなか都合のいいことがありましたからね」

砂蔵は言った。荒っぽい仕事をした後の始末について、櫛淵は力を貸した。

「櫛淵様は、いろいろとお入り用があるとかで。玉坂様から、ざっくり儲かる話はないかと尋ねられました」

そこで考えたのが、部屋住みの者を使っての押し込みだった。

「それを思いついたのは、久萬吉でした」

呼びかける者も、指図をする者も、押し込む者も、それぞれ育ちも名も、住まいも知らないようにする。

「一人が捕らえられても、他の者が浮かび上がることはないですから」

押し込んだ者が斬られようと死罪になろうと、こちらの存在が明らかにさえならなければ、どうでもよかった。久萬吉も同じような証言だった。

そして玉坂の尋問をおこなった。己の犯行は認めたが、殿様である櫛淵の関与は認めなかった。

「それがしの一存でなしたことでござる」

頑《がん》として引かない。とりあえずここまでの口書きを取って、捕らえた者たちの身柄を小伝馬町の牢屋敷に移した。

旗本の櫛淵内記については、町奉行から目付に伝えて調べを依頼する。

六

一通りの調べが済んで、大番屋を出た正紀と高岡藩の一行は、再び熊井屋へ戻った。すでに夕刻になっている。

店頭には、一両の銭の値が紙に記されている。それを見て、一同は声を上げた。

「こ、これは」

一両が四千二百六十二文と、ほぼ買値に近いところまで戻っていた。

「す、すぐに売りましょう」

橋本が呻くように言った。質素倹約、奢侈禁止の新たな触《ふれ》が出て、定信は厳しい取り締まりをおこなうと予想された。となれば銭の流れは悪くなり、必要とする者は減る。銭の値が下がるのは明らかだった。

房太郎に告げると、商人の顔になって言った。

「もうこの刻限では、五十両分など売れません。明日になります」

「では朝一番で、売ってもらおう」

正紀は、そう返すしかなかった。

翌十五日は月次御礼《つきなみおんれい》で、正紀は登城となった。そこで杉尾と橋本を、熊井屋に向かわせた。

五十両分の銭がどうなったか、正紀は下城してから高岡藩上屋敷で聞いた。

「一両は、銭四千二百八十六文でした」

杉尾は無念そうに言った。

「そうか」

買値は四千二百八十五文だった。大騒ぎをしたが、藩としては五十両を動かして五十文の損だった。橋本は打ち萎《しお》れている。声もない。

「その程度で済んで、よかったではござらぬか」

井尻が言った。もっと大きな損になったかもしれない。

押し込みが一日でもずれていたら、もう少しどうにかなったと推量できる。しかし
それは、言っても仕方のないことだった。

正紀は源之助と植村を伴って、熊井屋へ足を向けた。

「残念でしたね」

房太郎は、仕方がないといった顔で言った。同情はしていない。

「そなたは、どうだったのか」

押し込み騒ぎがあった。大きく買っていたから、どうなったか気になった。

「四千二百二十文から三十文で売り切りました」

当たり前のような顔で言った。

「なるほど」

買値は、五十両を買い足したときでさえ、四千二百三十五文だった。その前に、高岡藩よりも安く買っている。

「押し込みに遭いながらも、売り逃げたわけだな」

「えへ」

房太郎は落ちかけた丸眼鏡をずり上げて、へらっと笑った。頼りないようだが、しっかりしている。

「そろそろ、嫁取りをしたいんですけどねえ」

おてつがため息を吐《つ》いた。

その帰路、正紀は植村に問いかけた。

「その方と喜世との縁談だが。気持ちは確かになっているのか」

京の出産は、いよいよ間近になってきた。生まれれば、喜世は屋敷から下がることになる。

「はあ」

何か、こだわりがあるらしい。

「無理強《むりじ》いはしないが、気になることがあるならば、解決をしなくてはなるまい」

正紀は告げた。

「そうでございますね」

京も気にしていた。喜世は植村を嫌ってはいないと分かるからだ。

翌々日の昼四つ（午前十時）頃、山野辺が正紀を訪ねてきた。

「目付から町奉行のもとへ、櫛淵の調べの結果が伝えられてきたぞ」

それを知らせに来たのだ。

「あやつは、素直に話したのか」

「いや、玉坂が勝手にしたことで、まったく知らなかったと答えたそうな」

「やはりな」

そうなるだろうとは思っていた。玉坂も、櫛淵の関与はなかったと話していた。それでも言ってみた。

「しかしな、砂蔵や久萬吉などの証言があったわけだぞ」

「町人や浪人者、破落戸などの言葉が信じられるものか、と居直ったらしい」

「それが通ったのか」

「いやしかしな、目付殿は腹の据わった者だったようだ」

山野辺は、目付に「殿」をつけて呼んだ。

「何かしたのだな」

「櫛淵は、各所へ進物を贈っていた。出入りの商人のもとからな」

呉服や太物《ふともの》、その他さまざまな品である。

「目付殿は、その商人たちを洗った」

売り上げの綴《つづ》りを検めたのである。一つ一つは、ぎりぎり賄賂《わいろ》にならない程度の品だったが、数が多かった。

「総額は、なかなかのものになったようだ」

「なるほど、その金はどこから出たか、としたわけだな」

「黒須屋からの金だと、認めないわけにはいかなくなった」

「となると、金の経緯は知らなかったとしても、悪事の金を使ったことにはなるな」

「そういうことだ」

玉坂は切腹だが、櫛淵もただでは済まないことになった。

新御番頭への出世どころか、櫛淵家は御家断絶の話さえ出た。しかし有力な親族から話が出て、内記は切腹させ、家名だけ残すという案が出された。

「内記は腹を切り、櫛淵家は二百五十石となる模様だ」

大幅な減封《げんぽう》だが、家名が残るだけましという話だ。娘婿が跡取りとなる。

「どうやら目付殿は、前から櫛淵の猟官ぶりを面白くないと見ていたらしい」

「それは好都合だった」

鮒吉はもちろん、砂蔵と久萬吉、市城らは死罪となり、黒須屋は闕所《けっしょ》とされる。

「押し込みに加わった者は、どうなるのか」

これはずっと気になっていた。無事に済まないことは分かっていた。

「二度目の貝瀬市之丞他二名については、本来ならば死罪になるところだが、捕縛に力を貸したことと、脅されていたということも加味されて、若干の温情がかけられることになるようだ」

「それは何よりだ」

「命だけは救われる。遠島《えんとう》となる流れだ」

そして家は、家禄半減となる。お役も召し上げられる。

「川路屋や南部屋への押し込みに関わっていた。これは庇《かば》いようがない」

山野辺は言った。正紀は、黙って頷いた。

「栗原文之助は」

「あれは初めから、こちらの手先として動いていた。沙汰《さた》なしとなる」

話に乗った者たちには甘さがあったが、悪意の者がいなければ、こうはならずに済んだ。

遠島での暮らしは辛かろうが、生きてゆくことは許される。そして渡部には、処刑が執行された。亡くなった澤橋と飯岡、渡部の実家は、大きな減俸《げんぽう》となった。

七

植村は喜世の供で京の用事を足すために屋敷を出た。水菓子を買うというものだったが、重要な用事ではなかった。

正紀と京の配慮だと分かった。吹いていく風は、わずかに冷たい。しもた屋の柿の実が、色づき始めている。

歩き出すと、喜世がすぐに言った。

「弟が、世話になったそうで」

「いや」

起こった事件については、喜世に伝えなくてもよいとしていたはずだが、文之助は文で知らせたらしかった。事なしで済んだわけで、植村には感謝をしていた。それを姉に伝えたのである。もちろん受け取った五両は、町奉行所へ差し出した上でだ。

「心の迷いは、誰にでもあるのでは」

植村は、文之助を庇うつもりでそう言った。自分だって迷う。

喜世は何か言い返すかと思ったが、それはなかった。

「私にも、迷いはあります」

そう告げられて植村はどきりとした。

「どのような迷いであろうか」

口にしてみた。はっきりと、告げてもらいたかった。

「私には、腹を痛めた男児があります」

「存じている」

二歳の幼児だ。新しい母が入ったという話は聞いていた。

「どのように暮らしているか、一目見たく存じます」

そうだろうなと、植村は思った。自ら子を捨てて、家を出てきたわけではなかった。

「もっともな話だな」

なかなか口にできなかった。そういうことを、喜世はようやく自分に言えたのだと植村は考えた。

「ならばその姿を、今から見に行こうではないか」

「えっ」

この提案に、喜世は驚いたらしかった。怯《ひる》む気配もあった。

「もちろん、正面から会いに行くことはできないであろう。しかし他所《よそ》から目にするのはかまわぬのではないか」

名乗り出るわけではない。声もかけない。

そのために、屋敷へ帰る刻限が遅くなっても許されるだろうと植村は思った。

「そうですね」

買い物を済ませた二人は、小石川御箪笥町の喜世の元婚家に足を向けた。家禄二百五十石の新御番衆の屋敷だ。

長屋門の裏手に回ると垣根になった。枝を分ければ、中が窺《うかが》えた。

しばらくは何事もなかったが、ついに幼子《おさなご》のはしゃぐ声が聞こえた。喜世は庭を凝視《ぎょうし》した。

二歳ほどの男児が、喜世よりもやや若い歳の女と現れた。身に着けているものや髪形から、この屋敷の奥方だと察せられた。

喜世に目をやると、目に涙を浮かべている。その男児が、腹を痛めた子だと察した。

「かかさま」

男児は笑顔で何か言っている。女は、それに応えて何事かを告げた。交わしている言葉は聞き取れない。しかし女と幼児との関係は、悪いようには感じなかった。

歩くことはできるが、どこかおぼつかない。転びそうになって、女の体にしがみついた。

生まれて間もなく、母親とは離された。顔は覚えていないだろう。目の前にいる者が、実の母親だと思っているのに違いなかった。

喜世はその二人を見つめて、ぴくりとも動かなかった。どれほどのときが経ったか。植村には長くも短くも感じられた。

「参りましょう」

ふいに喜世が言った。

「そうだな」

黙って二人で歩いた。何かを言いたかったが、植村には言葉が浮かばなかった。そして喜世が立ち止まった。

すっきりした顔を向けてきた。

「私を、貰っていただけないでしょうか」

「うう」

あまりに思いがけなくて、呻き声しか出なかった。けれども一息吸った後、大きな体のすべてに喜びが溢れたのを感じた。

「ぜ、ぜひ」

上ずった声で、植村は答えた。

その夜、京は陣痛を訴えた。医者も産婆も、何かあるかもしれないと控えていた。屋敷内が、にわかに慌ただしくなった。

正紀は床に就いていたが、知らされたら、もう眠ることなどできない。何かしたいが、できることはなかった。ただ母子の無事を祈った。

深夜になって、京は元気な泣き声の男児を出産した。

本作品は書き下ろしです。

双葉文庫

ち-01-60

おれは一万石《いちまんごく》

五両《ごりょう》の報《むくい》

2023年12月16日　第1刷発行

【著者】
千野隆司《ちのたかし》

【発行者】
箕浦克史

【発行所】
株式会社双葉社
〒162-8540 東京都新宿区東五軒町3番28号
［電話］03-5261-4818(営業部)　03-5261-4868(編集部)
www.futabasha.co.jp（双葉社の書籍・コミックが買えます）

【印刷所】
大日本印刷株式会社

【製本所】
大日本印刷株式会社

【カバー印刷】
株式会社久栄社

【DTP】
株式会社ビーワークス

【フォーマット・デザイン】
日下潤一

ISBN978-4-575-67185-8 C0193
Printed in Japan

千野隆司　菖蒲の若侍　湯屋のお助け人　長編時代小説

旗本家の次男である大曽根三樹之助は思いがけず「夢の湯」に居候することに。三樹之助の活躍と成長を描く大人気時代小説、新装版第一弾。

千野隆司　桃湯の産声　湯屋のお助け人　長編時代小説

湯屋の主人で岡っ引きの源兵衛が四年前に捕らえた罪人が島抜けした。三樹之助は悪人の牙から罪なき人々を守れるか!?　新装版第二弾!

千野隆司　覚悟の算盤　湯屋のお助け人　長編時代小説

「夢の湯」に瀬古と名乗る浪人が居候として加わった。どうやら訳ありのようで、力になりたいと思う三樹之助だが……。新装版第三弾!

千野隆司　待宵の芒舟　湯屋のお助け人　長編時代小説

五十両の借用証文を残し、仏具屋の主人が姿を消した。三樹之助と源兵衛は女房の頼みで行方を捜すことに……。大人気新装版第四弾!

千野隆司　神無の恋風　湯屋のお助け人　長編時代小説

辻斬りの現場に出くわした三樹之助と志保。事件を調べる三樹之助だが、志保との恋に大きな転機が訪れる。大人気新装版、ついに最終巻!

千野隆司

おれは一万石 慶事の魔

長編時代小説〈書き下ろし〉

正紀と京は子を授かり、山野辺には許嫁が決まった。おめでた続きの高岡藩だったが、続々と届く祝いの品のなかに「罠」が隠されていた。

千野隆司

おれは一万石 訣別の旗幟《はた》

長編時代小説〈書き下ろし〉

定信政権との訣別を決めた尾張徳川家一門は正国の奏者番辞任で意を示そうとしたが、そうはさせじと定信に近い一派が悪巧みを巡らす。

千野隆司

おれは一万石 商武《しょうぶ》の絆

長編時代小説〈書き下ろし〉

棄捐の令で大損害を被った札差をはじめ、商人が武士に対する貸し渋りをはじめた！ 納屋普請で物入りの高岡藩は困窮する！

千野隆司

おれは一万石 大奥の縁

長編時代小説〈書き下ろし〉

尾張藩の徳川宗睦と大奥御年寄・滝川が、反定信の旗印のもと急接近していた。宗睦は滝川の拝領町屋敷の再生を正紀に命じたのだが……。

千野隆司

おれは一万石 出女の影

長編時代小説〈書き下ろし〉

正国の奏者番辞任により、久方ぶりの参勤交代を行うことになった高岡藩。金策に苦しむ正紀に、大奥御年寄の滝川が危険な依頼を申し出る。

千野隆司
おれは一万石
金《きん》の鰯《いわし》
長編時代小説
〈書き下ろし〉
八月の正国の参府の費用捻出に頭を抱える正紀たち。そんな折、銚子沖の鰯が不漁だとの噂を耳にし〆粕の相場に活路を見出そうとするが。

千野隆司
おれは一万石
大殿《おおとの》の顔
長編時代小説
〈書き下ろし〉
銚子の〆粕を巡る騒動は、高岡藩先代藩主の正森と正紀たちの活躍により無事落着。だが波崎屋と納場の一味が、復讐の魔の手を伸ばし……。

千野隆司
おれは一万石
尚武《しょうぶ》の志《こころざし》
長編時代小説
〈書き下ろし〉
野分により壊滅的な被害を受けた人足寄場。再建に力を貸すことになった正紀は、資金を捻出すべく、剣術大会の開催を画策するのだが。

千野隆司
おれは一万石
花街《かがい》の仇討ち
長編時代小説
〈書き下ろし〉
三十年もの長きにわたる仇捜しの藩士。恋仲の娘を女衒から奪い返すべく奔走する御家人の三男坊。二つの事件は意外なところで絡み合い!?

千野隆司
おれは一万石
世継《よつぎ》の壁
長編時代小説
〈書き下ろし〉
正国が隠居を決意し、藩主交代の運びとなった高岡藩井上家。正紀の藩主就任が間近に迫るなか、阻止せんとする輩が不穏な動きを見せる。

千野隆司
おれは一万石
藩主の座
長編時代小説
〈書き下ろし〉
廃嫡を狙う正棠たちの罠に嵌まり、蟄居謹慎の身となってしまった正紀。藩主交代を目前にして、窮地に追い込まれた正紀の運命は——!?

千野隆司
おれは一万石
西国の宝船
長編時代小説
〈書き下ろし〉
新藩主として人事刷新を図った正紀だが、一部の者に不満が残る。その不満を払うべく、禄米二割の借り上げをなくそうとするが——。

千野隆司
おれは一万石
若殿の名
長編時代小説
〈書き下ろし〉
二人組の侍に命を狙われた男児を藩邸に匿うことにした正紀。身元を明かさぬ男児を温かく見守るが、実は思わぬ貴人の子だと判明し——。

千野隆司
おれは一万石
不酔《よわず》の酒
長編時代小説
〈書き下ろし〉
酒造を制限する触により酒の値が高騰。正紀は高岡領内のどぶろくを買い取り、一儲けを目論むが、たった二升の酒が藩を窮地に追い込む。

千野隆司
おれは一万石
国替《くにがえ》の渦《うず》
長編時代小説
〈書き下ろし〉
造酒額厳守の触を破ったことで、国替えの話が持ち上がった高岡藩井上家。最大の危機を迎えた正紀たちは、沙汰を覆すべく奔走する——。